運命のオメガはミルクの香り

高峰あいす

幻冬舎ルチル文庫

CONTENTS ✦目次✦

運命のオメガはミルクの香り

運命のオメガはミルクの香り……5
番たちの日々は幸せ色……209
あとがき……235

✦カバーデザイン＝久保宏夏（omochi design）
✦ブックデザイン＝まるか工房

イラスト・亀井高秀✦

運命のオメガはミルクの香り

この世界は、とても平穏だ。

なぜならアルファである完璧な獣人達が政財界を取り仕切り、ベータである人間を『保護』の名目で支配下に置いているからだ。

支配と言っても自由を奪うような非人道的な行いはなく、国家や企業の間で起こる多少のいざこざは対話という平和的な行為で終結する。

『獣人』と呼ばれる所以《ゆえん》は、人の体に獣の耳や角や尾が生えており、その獣の特性を有するからだと、歴史書には記されている。

全人口の数パーセントしか存在しない獣人《アルファ》が、大多数の人間《ベータ》を支配する世界。

完璧な彼らに唯一弱点と呼べる物があるとすれば、それは人間《ベータ》から極まれに生まれる『オメガ』としか子作りができないという点だ。


大広間に集《つど》った獣人《アルファ》達を、堂崎唯《どうざきゆい》は緊張した面持《おもも》ちで眺めていた。

政財界を取り仕切る彼らは特別地区『枢機《すうき》』からは出ず、ほぼ人間と関わることはない。

希少なオメガの家系に生まれた唯は、本来ならば枢機で生活するはずだった。しかし病弱な体質ゆえオメガとして生きていくのは難しいと診断され、『市井《しせい》』と呼ばれる人間社会で暮らす親戚筋《しんせきすじ》へ養子に出されていた。なので、これだけ大勢の獣人を目《ま》の当たりにするのは初めてのこと。

――この人たち、全員アルファなんだ。

狼《おおかみ》、猫、兎《うさぎ》、鹿……他にも様々な獣の耳や角や尾を生やした人々が、上品なドレスやスーツを纏《まと》い談笑している。

時折、唯の傍《そば》に来ては祝賀の言葉を述べるが、ぎこちない笑みを返すだけで精一杯だ。そんな失礼な振る舞いをしても唯の緊張を察してか、彼らは怒りもせず優しい眼差《まなざ》しを向けてくる。

オメガ性を持つ人間は、彼らアルファにしてみれば子孫を残せる貴重な相手。更に堂崎家は、枢機での生活を許された数少ない家柄だ。

どの獣人とも相性のよい優秀なオメガを多く産む堂崎家は、枢機の中でも強い権力を持つ獣人に多くの番《つがい》を嫁《とつ》がせてきた。

そして今、唯が座っているのは、婚約のお披露目会場――その主役の席だ。

『枢機』で生まれた人間の子どもは、生後すぐに血液検査を受けてベータかオメガの判定を受ける。ベータならばオメガと同じ教育を受け、『良きオメガを産む』家を継ぐために同じベータと結婚して家庭を持つ。

だがオメガの判定が出ると、事情は変わってくる。オメガは獣人の子を産むことが義務づけられ、自分の意思とは関係なくアルファとの婚姻《こんいん》が約束されるのだ。

そして、十八歳でアルファに嫁ぎ番となる。

堂崎家の長男として生まれた唯は、最初の血液検査で判定が出なかった。体が虚弱だった事もあり、たとえオメガだったとしてもアルファのみならずベータとも子をなすことは難しいと診断され、三歳の時に市井へ養子に出されたのだ。

その後、十五歳で初めての発情《ヒート》に陥ったことでオメガと判《わか》り、このまま市井で生活していては困ることもあるだろうと養父の勧めもあって、枢機の実家へ戻る事になった。

相変わらず虚弱体質だった唯を、実家の両親は温かく迎えてくれた。記憶にはなかった二歳年下の妹・薫子《かおるこ》も、すぐ唯に懐いて打ち解けた。

初めは戸惑った唯だったが、慣れない枢機での生活にあれこれと世話を焼いてくれる家族と程なく良好な関係を築く事ができた。

今日は薫子の十七歳の誕生日で、本来ならば彼女の婚約披露の場になるはずだったが、この会場にその姿はなかった。一年後、正式に嫁ぐのに先駆けてこれだけ豪華なお披露目をしてくれる家は殆《ほとん》どない。

それなのに、婚約者の逃亡という前代未聞の大事件だ。しかし宴席のアルファ達は誰も唯に妹の不在を質《ただ》すようなことはせず、和《なご》やかにパーティーを楽しんでいるように見える。

彼らにしてみれば、「番が堂崎家のオメガであれば誰でも問題ない」のだと親戚から説明されたことを思い出す。

――堂崎家が特別だって、義母《かあ》さんが教えてくれたけど本当なんだ。

市井で自分を育ててくれた両親は、堂崎家の遠縁に当たる。

病弱で発情《ヒート》は見込めないだろうと医師からの診断も出ていた唯だが、養父母は万が一の時の為と言って、唯の出自を教えてくれていた。

そもそも獣人の住まう『枢機』がどんな場所で、どういった人々が暮らしているのか『市井』の人間は知らないのが普通だ。タブーという訳ではないし、住む場所を隔てる壁が存在するわけでもない。

ただ暗黙の了解で、『枢機』と『市井』の住人は限られた職業を除き関わりを持たずに生活をしている。住む世界が違う、のだ。

十五歳になるまで市井で暮らしていた唯は、実家に戻ってからも『市井』と変わらない生活を続けていた。というか結局発情は一度きりで、オメガと診断されたものの番として輿入《こしい》れするには不適格だと暗に医師から告げられていた。

けれどオメガと診断された以上、『枢機』から出ることは許されない。唯の境遇の激変を哀れに思った両親は、せめて市井にいた頃と同じく自由に暮らせるようにと取り計らってくれた。

簡単に言えば、『枢機』の住人が手にできない『市井』の本やＤＶＤ、音楽などをベータである養父母の名義で取り寄せてくれたのだ。そこまではよかった。

本当なら一人で密《ひそ》かに楽しむべきそれらを、物心ついたときから獣人《アルファ》の番になるべく教育され、文字通り箱入り娘状態だった薫子にも、唯は深く考えずに見せてしまったのである。

当然だが、市井にはベータしか存在しないので、自由恋愛が基本だ。しかし生涯をかけて番のアルファに尽くすよう教育を受けていた薫子にとって、市井の娯楽は刺激的すぎたらしい。それまですり込まれた価値観はあっという間に消え去り、自分も好きな相手と結婚したいと考えるようになったのも無理からぬことだ。

もとより市井育ちの唯は好きな相手と結婚するのが一番だと考えていたし、妹の考え方に反対するなんて考えもしなかった。

何も知らずにいれば、妹は裕福なアルファと番になり幸せに暮らせたのかもしれない。オメガとしての本能の弱い唯にはよく分からないが、オメガは強いアルファに無条件で惹《ひ》かれるという特性があると、あとになって教えられた。

ただ唯一の例外として、『運命の番』という特別な相手が存在するらしい。この相手に出会うとオメガもアルファも、一瞬で燃えるような恋に落ちるというのだから、市井で言う『一目惚れ《ひとめぼ》』に近いものなのかと唯は思っていた。

しかしよほど運が良くなければ見つけることは不可能で、巡り会うことのないまま生涯を終える者は多い。

なのに薫子は、特別に運が良いのか悪いのか、婚約パーティーの半年前に運命の番と出会ってしまったのだ。

もし薫子の婚約者がそんじょそこらのアルファならば、運命の番を優先してもらえただろう。けれど相手は、アルファ社会でも強い発言力のある城月《しろつき》家の嫡男《ちゃくなん》。

たとえ薫子が運命の相手に項《うなじ》を噛《か》まれ正式な番となっても、その絆さえ無効にしてしまうほどの強い血の本能を持つ男だ。

悩んだ薫子は、運命の番である相手との駆け落ちを決意する。

一族ごと枢機で暮らすことが許され、それも並のアルファより地位の高い堂崎家のオメガが逃げるなど、前代未聞の事態だ。理解を示したのは、両親と唯だけで親戚達からは酷《ひど》く責め立てられた。

堂崎家のオメガならば誰でもいいというし、とにかく二人への追跡の手を緩めさせなくてはならない。薫子達の逃走を手助けした唯は、時間稼ぎのために自分が代わりに婚約者になると両親に説明し、親戚達の反対を押し切りこの席に着いている。

けれどパーティーが始まって小一時間ほど経つというのに、肝心の相手が現れないのだ。

――……それにしても遅いなあ。

相手の男の名は、城月国臣《くにおみ》。狼の獣人で、政財界に強大な発言力を持つエリートだ。

会ったことはないけれど、薫子に渡されていた写真で顔は知っていた。眼光が鋭く、見ているだけで背筋が震えてしまうほどの力強さを感じさせる。かなり気難しそうな男という印象だ。

――薫子には嶋守《しまもり》さんみたいな、優しい相手がいいに決まってる。

家族としての贔屓目《ひいきめ》を抜きにしても、薫子は可憐《かれん》で愛らしい。市井での生活を聞きたがり、大きな瞳を輝かせて唯に話をねだる姿は天使のようだ。

そんな薫子の運命の番は、城月家に仕《つか》える狼の獣人、嶋守弘道《ひろみち》だった。婚約パーティーの段取りを確認するために堂崎家を訪れた嶋守は、薫子と一目で恋に落ちた。

彼は気さくで人当たりが良く、何より自分たちを対等に見てくれている。兄である唯が体が弱くまともに発情しない『出来損ないのオメガ』と知っても、全く態度を変えなかった。

運命の番として嶋守に惹かれた薫子は、その姿も性格も全てが好きなのだと唯に泣いて訴えた。けれど薫子には、婚約者がいる。

狼の獣人同士、しかし嶋守家と城月家では格が違いすぎた。

一度城月の家に入ってしまえば、薫子は二度と外には出られない。意に沿わなくても、番《つが》った相手と生涯を共にする。それがオメガの宿命なのだ。

――僕が薫子を守らなくちゃ。

正式に嫁ぐ日は成人と見なされる一年後の十八歳の誕生日だったので、唯は親族から『一年以内に城月の子を孕《はら》むこと』を条件に、婚約者代理になることを許された。

それが果たせなければ、なんとしてでも薫子を連れ戻し、既に嶋守との子がいても番を解消させるとも言い含められた。両親は唯と薫子の気持ちを一番に考えて心を痛めてくれたが、一族の信用問題に関わる事なので強く口出しできないのが現状だ。

幸い城月家側は『嫁《よめ》を出せなければ、別の家から娶《めと》るだけ』というスタンスなので、婚約相手が代わったことを気にしていない。

——発情しなくても、オメガはアルファと番えるって教科書に書いてあったし。子どもができれば親戚も納得してくれる……。

これまで家族には散々心配をかけたのだから、今度は自分が恩返しをする番だ。

「初めまして、俺は花松健次郎《はなまつけんじろう》。随分と緊張しているようだけど、大丈夫かい？」

声をかけられ顔を上げると、招待客らしき狐の獣人がにこやかに唯を見つめていた。きらきらと輝く金色の耳と尾が目を引く男だ。

「はい、お気遣いなく。本日はお越しくださり、ありがとうございます……」

「そんな堅い挨拶《あいさつ》はいいから。気楽にね」

片手で唯の口上を制し、花松が笑みを深くする。

「宴もたけなわだけれど、そろそろ城月家に移動する時刻だから呼びに来たんだ」

「国臣様を待たなくてよろしいんですか？」

「ええと、彼ね……会議が入って来られないと連絡があったんだ。婚約パーティーなのに、失礼をして申し訳ない」

「いえ、僕は気にしてません。それよりお客様達は……」

「彼らは放っておけばいい。適当に騒いで帰るさ。挨拶がなくとも、君や堂崎家を責めたりはしないから、安心してほしい」

どこか含みがある言い方に、唯は違和感を覚える。そもそも花松と名乗る男が城月家とどういった間柄なのか、全く知らされていないどころか唯は初対面なのだ。

警戒する唯に、花松の背後に控えていた青年が口を開く。

彼には獣人の特徴である獣の耳と尾がないので、すぐに自分と同じ人間だと分かった。

「花松さん。これじゃ誘拐犯みたいですよ、きちんと説明しないと」

「ごめんごめん。俺は国臣のお目付役《めつけやく》というか、遊び相手みたいな仕事をしている。こっちは俺が保護している緑《みどり》」

「花松様の手伝いをしています、緑と申します。緑、とお呼びください」

——市井から来た人だ。友達になれるかな。

ファーストネームだけを名乗る彼の言葉を聞いて、唯は彼が『市井』で育ったオメガだと気がついた。本来はベータだけが暮らす『市井』だが、唯が預けられていた家のように『枢機』の血筋にルーツを持つベータの家族も存在する。

そういった家系はまれにだが、ベータ同士の間からオメガが生まれる事もあるのだ。

オメガが生まれた場合、『枢機』への報告が義務づけられている。市井に出自を持つオメガは新しい生を得るという意味で姓を剝奪《はくだつ》され、名前だけで枢機での住民登録がなされるのだ。

「こんにちは、堂崎唯です」

緑と紹介された青年の首には、項を守る特別製の首輪が付けられている。番を持たないフリーのオメガは、突発的な発情による事故を回避するために首輪を付けることになっているのだ。

これは『市井』で偶発的に生まれた者や、『枢機』においては中流階級のオメガの義務なので、堂崎家のような特別な家のオメガは不要とされている。

それは生まれてすぐ、上位のアルファと婚約するので実質的には貞操を守られた状態になるからだ。これは発情しない不完全なオメガである唯も同様で、堂崎家の名の下に首輪は免除されている。

「これからは頻繁に、顔を合わせることになると思う。改めてよろしく。唯君」

「はい。こちらこそよろしくお願いします。花松さん」

嶋守とはまた別の意味で気さくな花松に、唯はぺこりと頭を下げた。

一歩下がったところで二人のやりとりを見ていた緑に視線を向けると、穏やかな笑みが返された。

「あのさ、緑君てどこに住んでるの？　よければ友達になってくれたら嬉《うれ》しいな」

すると途端に彼の顔から笑みが消え、人形のように押し黙る。

いきなりでなれなれしかったかもと反省する唯に、緑は困ったように説明を始めた。

「堂崎家の方が、『市井』出身の者にそのような軽々しい口を利いてはいけませんよ。貴方《あなた》自身への評価も下がりますが、何より嫁ぎ先に恥をかかせる事になる」

「そう堅苦しくしなくても、いいじゃないか」

生真面目《きまじめ》に諭す緑を、花松が苦笑しつつとりなす。見た感じ二人はとても仲が良さそうだけれど、緑が首輪を付けているので番でないのは明らかだ。

「詳しい話は追い追いしよう。リムジンを待たせてあるから、行こうか」

促されて席を立つと、近くにいた獣人達が口々に祝辞を述べる。皆、心から二人の婚約を祝ってくれているのだとは思うけれど、やっぱり何かが引っかかった。

その疑問の正体が何か分からないまま、唯は広間を出た。両親とはここで別れる事になり、次に会うのは結婚式だと今になって教えられた。

そして番が成立すれば、よほどの事がなければ二度と会うことはないという。驚く唯だが、『枢機』のオメガならば当然のことのようで、簡単な挨拶を済ませると悲しむ間も与えられずリムジンへと乗せられてしまう。

——知ってたら、昨日の夜にもっと話したかったのに。

どうせ自分は不完全なオメガだから結婚話も出ないだろうと、高をくくって勉強をおろそかにしていたツケが回ってきた結果だ。けれど今更、唯にはどうすることもできない。

花松と緑に連れられ、唯は身一つで城月へと向かう。

不安はあるけれど薫子の身代わりになると両親に告げてから、唯は再三『堂崎家のオメガなのだから、心配することは何もない』と言われていた。

一体それがどういう意味なのか未《いま》だに分かっていないけれど、花松達に聞ける雰囲気でもない。

会場のホテルを出てから十分ほど走ると、リムジンは大きな洋館の門をくぐり中へと入る。

純和風だった堂崎家と違い、こちらは庭園の作りから建物まで、全て洋風だった。

車を降りた唯の前に、鹿の角を生やした老紳士が歩み寄り頭を下げる。

「執事の村上《むらかみ》と申します。ようこそおいでくださいました」

玄関先には使用人の男女二十名ほどが居並び、唯を見つめている。彼らも全員、獣人だ。

世界の全てを仕切っている獣人の中にも序列はあり、『枢機』で暮らす以上アルファであっても人間《ベータ》と同じく様々な職業に就く。

逆に言えば、枢機における社会活動の全てが獣人達だけで回るような仕組みになっているから、たとえ雑用程度の仕事でも人間が入り込む隙はないとも言える。

「初めまして、堂崎唯です。これからお世話になります」

挨拶をして辺りを見回すが、屋敷の主人らしき狼の獣人——城月家の人達——は見当たらない。唯の視線に気づいたのか、傍にいた花松が教えてくれる。

「家族といえど番になる前のオメガに会うことをしないのが、城月のしきたりなんだよ」

「どうしてですか？」

おそらくこの疑問も、きちんと勉強していれば知っていて当然の知識なのだろう。けれど花松は嫌な顔一つせず、丁寧に説明してくれる。

「城月家はアルファの中でも特に強い狼の家系だ。当然、その力を受け継ぐ子を産むオメガも特別で……簡単に言えば、子を作れるフリーのオメガがいれば、本能的に襲ってしまう可能性があるから、それを回避するためだね」

さらりと言うけれど、唯にしてみたらかなり危険な状況だ。それに執事やメイド達はどうなのかという疑問も出てくる。

「ただしそれは、『城月の血筋』だけの話。屋敷で働くオメガは皆、番を持っているし。何より俺達獣人は、上位のアルファには逆らうことができない。君がフェロモンを出しても、『国臣の婚約者』である君を絶対に襲えないんだよ」

無意識に出してしまうことなど絶対にないのだけれど、とりあえず唯は説明を聞いてほっとする。それから唯はメイドに案内され、屋敷の本館へと入った。

「国臣様がお使いになっているのは中央本館で、こちらは自由に出入りしてくださって構いません。旦那様《だんなさま》は東の館、奥様は西の館にお住まいですから、そちらへは正式な婚礼まで近づかないようお願いいたします」

「こんな広いお屋敷なのに、離れて暮らしてるんだ」

「唯様が正式な番になるまでの事でございますよ。旦那様も奥様も、お二人の番の方々も唯様の到着を心待ちにしていたんですよ」

獣人のアルファはパートナーを持つけれど、それとは別に子作りの為に番を持つのが普通だ。

社会的地位のある家はパーティーなど公の場に獣人のパートナーと出席するが、番は屋敷が生活の場の全てになる。子孫を残す相手として大切に扱われるが、ほぼ軟禁状態と言っても過言ではないようだった。

「旦那様からは一日も早く国臣様と仲睦《なかむつ》まじい番となって、どうか末永く城月の繁栄を支えて欲しいとのご伝言です」

てっきり妹の件を叱責されると思っていた唯は、メイドの言葉に驚きを隠せない。

——獣人て、優しいんだな。嶋守さんみたいな人が特別なんだって思い込んでたけど、きっと国臣さんも優しい人だ……写真の顔、怖かったけど。

枢機に戻って三年経つが、病弱な体質もあって唯が外に出ることは滅多になかった。なので獣人との交流も殆どなく、彼らがどういった人々なのかも正直よく分かっていない。

案内された私室に入ると、花松がメイドを下がらせる。そして奇妙な事を言い出した。

「これから国臣に、君が到着したと知らせてくる。すまないが、ハンカチを貸してくれないか？」

「はい」

ジャケットの内ポケットに入れておいた淡いブルーのハンカチを手に取り、花松に差し出す。家ごとに独特の作法みたいなものがあると聞いてはいたので、唯はそれの一つだと解釈した。

ハンカチを受け取ると花松が部屋を出て行き、室内には唯と緑が残された。枢機のオメガが市井出身のオメガと話す機会は殆どないので、唯は友達を作るチャンスだと思い緑に声をかける。

「えと……緑君て今いくつ？　僕は十九」

「奇遇ですね。同じです」

それまでとは打って変わって、緑の声は冷たく答えも端的だ。心なしその眼差しも冷え冷えとしている。

――あれ？

違和感を覚えたけれど、先程出会ったばかりだから緊張しているのかもとポジティブに考えてみる。

「緑君は、国臣様がどんな方か知ってる？　僕、何も知らされてなくてさ。写真とそれについてきた釣書っていうのかな。経歴みたいなものしか知らなくて……」

話し終える前に、緑が言葉を遮り呆《あき》れたように笑う。

「後で知って、ショックを受けると可哀想《かわいそう》だから教えておくよ。花松さんが言っていた会議は建前で、城月様は君に興味がないだけだ」

信じられない内容に驚いたのも事実だが、挨拶を交わしたときの緑からは考えられない冷徹な物言いに絶句する。

まじまじと見つめる唯に対して、緑が取り繕《つくろ》おうともせず敵意を露《あらわ》にした。

「堂崎は随分と甘やかした教育をしているようだね。これだから箱入りのオメガは嫌いなんだ。もっと自分の立場を自覚しなよ。俺を含め、オメガはアルファの子を産む道具だ。相手がどんな性格だろうと、関係ない。セックスの相性が良ければ合格、くらいに考える事だね」

端整な顔立ちとは反対のあけすけな物言いに、唯はショックを隠せない。唖然《あぜん》とする唯に、緑は構わず続ける。

「どうしても気になるというなら少しは教えてあげるよ――城月様は、これまで何人ものオメガを迎えているが、大抵は一ヶ月ほどで離縁されている。理由は俺も知らないけど、暴力を振るうような方ではないからその点は安心していいと思う。離縁後は新しい嫁ぎ先を用意してもらえるし、身の振り方を心配する必要はないよ」

緑の話を聞いて、唯は首を傾《かし》げた。

「え、だって薫子は生まれたときから婚約してたのに？　何人も婚約者がいるってこと？」

「城月程の名家となれば、複数のオメガを番にするのは当然だろう。そんなことも知らないのか？」

怪訝《けげん》そうな緑に、唯は言葉もない。

彼が嘘《うそ》を言っているようには思えなかったし、それに離縁を繰り返している国臣の行動に疑問を持っていない事にも驚きを隠せなかった。

「君が色々と隠し事をされた状態で、城月様と結婚することになったのは同情する。けれど堂崎の嫡男なら、その位の事で動揺する必要もないだろう？　君の後から何人オメガが嫁いできたって、堂崎に勝てるオメガはいないんだからね。将来は安泰だ」

「じゃあ、僕が番になっても薫子は連れ戻されるってこと？」

思わず緑に詰め寄ると、流石《さすが》にたじろいだのか彼が体を竦《すく》ませる。しかし唯としても、妹の初めての恋と将来がかかっているので必死だ。

「俺に言われても、分かるわけないだろう。妹さんの件は……可哀想だとは思うよ。けれど判断するのは城月だからね。もし妹を守りたいなら、君が早く子を孕めばいい。最初に孕んだ番には、強い発言権があるからね」

つまり妹を連れ戻されない第一条件として、やはり何が何でも唯が跡取りを産まなくてはならないのだ。

身代わりとはいえ、縁談など来ないと思っていた自分が嫁ぐことで全てが円満に収まるならそれに越したことはない。と唯は信じて疑っていなかった。

それは今も変わらないけれど、もし薫子が嶋守と出会わず城月に嫁いでいたらと思うと、背筋が冷たくなる。

気まぐれに離縁を繰り返し、オメガの人生を弄《もてあそ》ぶような男に薫子は渡せないと、唯は決意を新たにした。


正直なところ、国臣はオメガが自らの意思で逃げるなど考えたこともなかった。それも由緒ある堂崎家のオメガとなれば、流石に興味を引かれる。

婚約者の写真など見向きもしなかった国臣だが、執事に命じて前代未聞の事件を起こした当事者達の写真を取り寄せた。

逃げた薫子と、代わりに婚約を申し出た兄の唯。

薫子は儚《はかな》げな少女で、とても駆け落ちなどという無謀な行動を起こすようには見えなかった。堂崎家は薫子が番のアルファに連れ去られたのではないかと疑い、密かに動向を探っているようだが、国臣としては正直どうでも良かった。

ただ少しばかり気になったこともある。

身代わりとして婚約者になると名乗りを上げた、彼女の兄に関してだ。

病弱な体質で幼い頃に市井へ養子に出され、十五歳で戻されたと釣書には記されていた。

妹と同じ薄茶色の髪と瞳はオメガらしくとても美しかったけれど、その目にはしっかりとした意思が宿っている。『枢機』でアルファに嫁ぐことだけが幸せなのだと教育されて育ったオメガにはない、強い光だった。

この兄が妹に何か思想的な影響を与えたというのであれば、納得はできる。

自室のソファに座り、写真を眺めていた国臣は扉をノックする音で顔を上げた。

「国臣、入るぞ」

「ああ」

顔を上げると、友人であり家族公認の『見張り役』として邸内を自由に出入りする権利を与えられた花松が入ってくる。

「ハンカチを預かってきたぞ」

「すまない。しかし……おそらく答えは出ている」

「ごたくはいいから、さっさと確認しろ」

花松から唯のハンカチを受け取り、深呼吸をする。獣人は皆嗅覚《きゅうかく》が鋭いが、狼族は特に鋭敏だ。発情していなくともオメガが触れた品が何かあれば、微《かす》かな汗や移り香で発情香を嗅ぎ分けられる。

暫《しばら》く考えてから、国臣は首を横に振った。

「今回の相手も『運命の番』ではない。花の香りは似ているが……」

「だから、そんなことはどうでもいい」

苛立《いらだ》ちを隠しもせず、花松がテーブルを叩《たた》く。普段は温厚な彼が怒りの感情を露にするのは珍しい。

「君が『運命の番』に拘《こだわ》っている事は、よく分かっている。しかしだな、これ以上我《わ》が儘《まま》を聞く気はないぞ。彼でもう十人目だ――」

「いいや。駆け落ちをした妹を入れて、十一人目になるよ。ああ、でも番になる前に逃げられたから、数には入らないのかな」

「屁理屈《へりくつ》はいい！　ともかく君は、それだけのオメガの人生を弄んできたんだぞ。いくら新しい嫁ぎ先を紹介するとはいえ、彼らだって心の準備ってものがある」

「しかし、『運命の番』を待ち続ける私に嫁いでも、不幸なだけだろう」

正論を告げたにもかかわらず、花松は眉間《みけん》に皺《しわ》を寄せ納得いかない様子で押し黙る。

以前から国臣は『番にするのなら、運命の相手を選ぶ』と、家族や友人達に公言していた。

しかしそもそもオメガの絶対数が少ないため、巡り会う可能性は限りなく低い。

殆どの獣人達は『運命の番』に固執しない。いや、できないといった方が正しいだろう。『運命の番』に出会えるのは、奇跡に等しいからだ。だから必然的に見目や出自などを考慮し、気に入った相手を番に迎えて生涯を共にする。

だが国臣の場合、獣人の中でも特別鋭い嗅覚が災いし、『運命の番』探しを諦められない原因の一つとなっていた。

「私には、あの香りの持ち主だけが番なんだ……」

呻《うめ》くように言ってかぶりを振る国臣を、複雑な面持ちで花松が窘《たしな》める。

「気持ちは分かる。運命の番に会ってしまったら、俺達はその相手しか考えられない。しかし城月の力をもってしても、未だに見つけられないんだ。そろそろ君も立場を考えて、番を持つべきだ」

発情したオメガは、独特の発情香を放つ。それはアルファの理性を壊し、本能のままにオメガを求める獣に変えてしまう厄介な香りだ。

そしてその香りには、個体差がある。

花やミルク、ワインなどに例えられる事が多く、それは決して他の個体と被《かぶ》りはしない。特に枢機で血を繋《つな》ぐオメガの家系は、発情が深まるごとにその香りを変化させていく。

番を誘う時には花、交尾の準備が整うとミルク、というように、香水の香りがトップからミドル、ラストノートへと辿《たど》るような変化が起こるのだ。

これは単一の香りしか持たない市井のオメガとの、大きな違いだ。

国臣は以前、パーティーの席でこの複雑な香りを持つ『運命の番』と出会った。正確には、一瞬香りが鼻先をかすめただけで、相手の顔すら見てはいない。しかしどうしてもそのオメガが忘れられず、以来その相手を探し続けているのだ。

最初の頃は優秀な跡取りである国臣の我が儘にも、両親は目をつぶっていた。だがこれ以上、気紛れとしか思えないつまみ食いと離縁を繰り返しては流石に外聞が悪い。

そして遂に両親から、『形だけでも番を持て』と厳命され今に至る。真打ちのように持ち込まれたのが、長年付き合いのある堂崎との婚約だったので、断ることは許されまい。

国臣はすっかり忘れていたが、堂崎の娘とは彼女が生まれてすぐ、将来結婚することが家の間で取り決められていた。

これまでの相手は、有り体《てい》に言えば側女《そばめ》としての番候補だったので、離縁も黙認されていた。だが堂崎家は、枢機の中でも特に優秀なオメガを輩出してきた名門だ。

城月家としても、そう簡単に離縁できる相手ではない。

「国臣、お前いくつになる？」

「君と同じ二十七だが」

「俺みたいに自由に生きられる立場でないのは、理解しているだろう。番を持たなければ、アルファ同士の結婚どころか城月の正当な跡取りとしても認められないんだぞ」

「私の親から説得しろと命じられたのか？」

「それもあるが、もう君にオメガを悲しませるような真似《まね》をしてほしくない。友人としての頼みだ」

獣人の中でも所謂《いわゆる》上流階級と呼ばれる家柄は、パートナーを持つ事が求められる。アルファ同士なので子どもを作ることが目的ではなく、あくまで家同士の繋がりを深めるためのものだ。

しかし基本的な条件として、番を持っていなければ家を存続させる力がないと見なされ、どれだけ権力のある家柄でもパートナーとして候補にすら挙がらない。

「そろそろ腹をくくったらどうだ」

問いには答えず、国臣は花松の持つハンカチを受け取る。

そして何度目か分からない絶望と共に、低く呟《つぶや》いた。

「……やはり違う」

手にしたハンカチから漂うのは、堂崎の家系に共通する金木犀《きんもくせい》系統の香りだ。

探し続けている『運命の番』と共通点はあるものの、決定的な何かが足りないと分かってしまうのだ。

いっそ他の獣人と同じように発情期にだけ放つ香りしか分からなければ、諦めもついた。

だがこの敏感な嗅覚は、あの時出会った『運命の番』を未だに覚えているどころか平常時であっても嗅ぎ分けることが可能なのだ。

「血が濃いというのも、辛《つら》いな。しかし、もう俺は同情はしないぞ」

きっぱりと言い切る花松に、国臣はいくらか救われた気持ちになる。この辛辣《しんらつ》な友人は、本来ならば城月に関わる事はほぼないと言っていい地位の獣人だ。

けれど花松は、己《おのれ》の地位や立場を気にせず、学生時代から国臣と対等に接してくれた。城月という特別な地位を鬱陶《うっとう》しく思っていた国臣を諭し、立場に相応《ふさわ》しい振る舞いをするよう窘めてくれる。

そんな彼を両親も気に入り、出入りを許しているのだ。他の獣人からやっかみを受けないよう、『遊び相手』という酷く失礼な役回りを与えられても花松は笑って了承してくれた。

「だが君の気持ちも、分からなくはない。無理に番を迎えても、互いに不幸になるだけだしな。近いうちに茶会でも開いて、それとなく探せるよう取り計らってみよう」

「すまない、花松。この礼は必ずしよう」

「では早速だが、不幸なオメガを救ってもらおうかな」

待ってましたとばかりに、花松が口の端を上げた。彼の本来の仕事は、枢機でも単独権限を与えられた特殊な仕事だ。

色々と事情を抱えたオメガを保護し、相性の良い番を探して娶らせる。それに関する事なのだろうと国臣もすぐに察した。

「君が言いたいことは分かる。私がこれまでしてきたことを、このハンカチの持ち主に繰り返さないよう釘《くぎ》を刺したいのだろう？」

「物わかりがいいな」

これまで国臣は、番候補として屋敷に送られたオメガとベッドを共にしてきた。フリーのオメガは発情期でなくとも、強いアルファである国臣を前にすれば突発的な——殆ど強制的な発情状態に陥る。

特に婚約者として引き合わされる場合は抑制薬など飲んでいないので、むしろ抱いてやらなければ、過剰に引き出された性感を耐えさせることになってしまう。

普通のオメガならば、この時点で項を噛んで正式な番となるのだけれど国臣の場合は『番の強制的な解除』が可能だ。アルファの頂点といっても過言ではない城月家は、古くからよりよい番を求めるためとも思えるこの権能が与えられてきた。

国臣が『離縁する』とオメガに告げれば、精神的な束縛から解き放たれるだけでなく項の噛み痕《あと》さえ消し去ることができるのだ。

けれど、純潔を散らされた上に、名門である城月家から一方的に離縁されることが痛手でないわけがないとも理解している。

「——彼を傷つけてしまう前に、婚約破棄をする。何ならこのまま会わず、今夜中に自宅へ帰そう。そうすれば君も、文句はないだろう」

「いい加減にしろ。彼の事情を知らない訳じゃないだろう。あの子は妹を守る為に来たんだぞ。相手の立場を考えることもできないのか」

「事情？　駆け落ちをした妹の代わりだと聞いたが、他にも何かあるのかい？」

「その『駆け落ち』が問題なんだ。堂崎の一族は、妹さんを連れ戻して君と番わせる気でいる。オメガが婚約から逃げるなんて、前代未聞の不祥事と考えているらしい。せめて堂崎家が落ち着くまで、彼を置いてやる事は城月の名でできるだろう」

枢機に住まうオメガ家系の中でも、堂崎家の出は特に繊細だと聞く。

本来は幼い頃に許嫁《いいなずけ》が決められ、その相手と番になることが全てだと言い聞かせられて嫁いでくる。なのに突然違う相手と番うことになれば、心理的な負担は相当なものになるだろう。

なのにこのハンカチの持ち主は、妹のために文字通り身をなげうってこの屋敷へ入ったのだ。

——唯……か。

無意識にハンカチを口元に持って行くが、やはり金木犀の香りしか嗅ぎ取れない。けれど国臣は、穢《けが》される事を恐れず身代わりになった唯に明確な興味を覚えた。

「分かったよ。ただし、寝室を分けることはできないぞ」

「ともかく手を出さないと約束してくれ。抑制薬なら、こちらで手配する。一度きりベッドを共にしただけで放り出されて、苦しむオメガを見たくない」

「約束しよう」

頷《うなず》く国臣に、花松がほっとした様子で微笑んだ。

三十分ほどして、花松が部屋に戻ってきた。

緑の話にショックを受け項垂れている唯を見て、花松はどうやら疲れているのだと勘違いをしたらしい。気遣う言葉をかけると、早々に緑を連れ帰ってしまう。

――絶対に、孕まなきゃ。

唇《くちびる》を噛み、唯は両手を握りしめる。

薫子の幸せを壊したくないという気持ちは強くなる一方だ。

自分の体が正常に発情するか不安だけれど、いざとなれば親戚に持たされた『強制的に発情する薬』を飲もうと覚悟を決める。

――薬で駄目でも、無理にでも番えば子どもができるって教科書に書いてあったし。僕はオメガなんだから、番えばなんとかなる……。

「……様、唯様？」

「えっ……あ、はい！」

名前を呼ばれて、唯は我に返った。気がつけば室内には数名のメイドがおり、一番年かさの豹《ひょう》の獣人が怪訝そうに顔をのぞき込んでいた。

「どこか具合でも悪うございますか？」

「いえ、平気です」

「では床入りの準備をしてもよろしいでしょうか。わたくし、唯様のお世話係を申しつけられております八島《やしま》と申します。何なりとお申し付けくださいませ」

尋ねてはいるが、八島の声には拒絶を許さない断固とした響きが感じられる。

「あの、床入りって？」

八島の言う『床入り』という言葉が何を意味するのか、流石に唯でも理解できる。しかしまだ婚約の段階であり、一番重要な発情期に至っていない。

「薫子様の代理と伺《うかが》ってはおりますが、お披露目を経て城月の屋敷に入った時点で唯様は正式な番候補でございます。今宵から寝所は国臣様と同じお部屋で……」

「ちょっと待ってください！　僕、発情期じゃないけど」

「怯《おび》えることはございませんよ。全て国臣様に任せていれば、滞りなく番えますからね。さあ、湯浴みをして準備をしましょう」

初めての行為を怖がっているのだと勘違いした様子の八島が、優しく微笑《ほほえ》んで唯を促す。

彼女に従うメイド達も、どうしてか唯に対して過剰なまでの気遣いを見せる。

「恥ずかしがることはございません。唯様のお支度《したく》は私たちにお任せください」

「堂崎の方にお仕えできて光栄ですわ。困ったことや、分からないことがあれば何でも聞いてくださいね」

唯は薫子の代わりとしてやって来たが、そもそもオメガとして不完全な体を両親から心配されて、番を持たずとも生きていけるような前提で生活をしてきた。

なので正直、枢機で受けるはずのオメガ教育は不十分で、基本的な教科書を何冊か読んだだけの知識しかない。

「仮の婚約なのに、そういうことしちゃっていいの?」

「勿論《もちろん》ですよ。体の相性を確認する為に、初夜の交尾は必要な事ですからね」

こともなげに告げられ、唯はこれから自分の身に起こることを考えて身震いした。覚悟していたといっても、お披露目当日に抱かれるなんて予想外すぎる。

——怖いけど……少しでも早く子どもを作って、薫子が戻らなくてもいい環境にしないと。

『妹を守りたいなら、君が早く子を孕めばいい。最初に孕んだ番には、強い発言権がある』

緑の言葉を思い出し、唯は改めて覚悟を決める。

が、浴室までついてきたメイド達に裸に剥《む》かれ、隅々まで洗われたのには流石に恥ずかしくて泣きたくなった。

呆然《ぼうぜん》とする唯にメイド達は真っ白なナイトドレスを着せ、八島を先頭に夫婦の寝室へと案内する。

「唯様、床入りの前に大切なお話をいたします。城月の正式な番となる為の条件でございます」

「条件て、なんですか?」

駆け落ち騒ぎで慌ただしくしていた上、未だ教科書レベルの唯には、城月のしきたりを教えられたり勉強したりする余裕は一切なかったが……。

「こちらは床入りを許可されたオメガ――番候補にだけお知らせするものですから、ご存じなくても恥じることはございません。まず一つ、交尾の際に項を差し出すこと――」

これは獣人と番になるためには、ごく当たり前の条件だ。しかし続いた内容に、唯は首を傾げる。

「二つ、子を作る事でございます。城月家は獣人の中でも特に血の濃い一族、故にたとえ堂崎家でもよほど相性が良くなければ、発情期に番っても子はできません。ですので、子が宿ってから、初めて正式な番として婚礼を執り行います」

「わ、かりました……」

「人の身で本性の強いアルファとの交尾を行うのはお辛い部分もあるかと思いますが、どうか辛抱なさいませ。それでは失礼いたします」

教科書知識で、アルファとオメガが発情期に性交すれば即子どもができると思い込んでいた唯は、八島の言葉にただ頷くしかない。

――困ったな。相性とか言われても、エッチしないと分からないし。それに確実って訳でもなさそうだし……。それにしても、本当にセックスのこと、交尾って言うんだ。緑君も『孕む』とかそういう事、はっきり言ってたし。

あまりに八島が平然としていたので聞き流してしまったけれど、枢機と市井では随分と性的な事への考え方や物言いが違うのだと実感する。

実家に引きこもっていた唯は、枢機のオメガとほぼ交流がなかった。なのでどうしても、過激な言葉だと感じてしまう。しかし今更、恥ずかしいだの何だのと、逃げるわけにはいかない。

――薫子を守らなきゃ。堂崎のオメガらしく堂々と、これから……。

その先を考えると、顔が羞恥で熱くなる。性的な事に興味はあったし、自慰だってしている。けれど恋人ができる前に枢機へ戻されたので、パートナーと共に行う性行為は未経験だ。

唯が五人くらい寝転がってもまだ余裕のありそうなベッドを前に考え込んでいると、背後で人の気配がして振り向く。

そこには写真でしか知らない、薫子の婚約者がいた。

彼も既に床入りの支度を整えていたのか、灰色のバスローブを纏っている。黒髪と、僅《わず》かに銀の混じる狼の耳と尾、そして緑の瞳が印象的な男だ。

——この人が、城月国臣。

少しだけ、唯は恐怖を覚える。後数年もすれば、この国を統《す》べる一角となる男からは、形容しがたい覇気のようなものが感じ取れた。

でも逃げ出したくなるような怖さではないし、オメガなら本能として感じてしまうと教えられた畏怖のようなものでもないと思う。どちらかといえば自分を見つめてくる綺麗《きれい》な緑の瞳に、子どものような好奇心が見て取れるのが不思議で、思わず見つめ返してしまう。

「あ、あの。堂崎唯です。急なことで申し訳ありませんでした」

「そう緊張することはないよ。妹さんの事は聞いているし、咎《とが》めるつもりはない」

手を引かれ、唯はベッドに国臣と隣り合って腰《こし》を下ろす。

「まず先に話しておくことがある。私は君を正式な番にするつもりはないから、安心してほしい」

「え……」

完全に出端《でばな》をくじかれ、唯は狼狽《うろた》えた。確かに番うのは怖いけれど、子作りをしなければ自分が身代わりになった意味がない。

困惑する唯に、国臣は構わず続ける。

「妹のためにこの話を受けたと、花松から聞いているよ。薫子さんが駆け落ちしたというのは正直驚いたけれど、君自身に何のメリットもないこの件を君が引き受けたことの方に興味がある」

物言いに引っかかりを覚えたが、唯は国臣の言い分を黙って聞く。

「じゃあ、僕を婚約者として認めないってわけではないですよね。だったらどうして、番わないんですか」

しかし国臣は唯の問いには答えず、不思議な事を言い出した。

「薫子さんは枢機の教育を受けて育ったオメガだ。たとえ『運命の番』と出会ったとしても、駆け落ちをするような思考は持たないはずなんだ。そこで思ったんだ、薫子さんの駆け落ちには、君が関係していると」

「――お、お叱りは受けます。だから妹は責めないでください」

やはり今回の件で少なからず立腹していると思った唯は、せめて妹に怒りの矛先が向かないよう国臣に縋《すが》る。

しかし意外にも国臣は、微笑んで首を横に振った。

「いや、怒っているのではないんだ。私はただ、枢機のオメガに影響を与えた君に興味を覚えたんだよ。そこで提案なんだが、番わない代わりとして、市井で生活していた時の話が聞きたい」

「でも……」

「君も初対面の相手に項を差し出すのは嫌だろう」

「大丈夫です」

「声が震えているぞ」

指摘されて、唯は俯《うつむ》く。

慌ただしく床入りの支度をしていたときは考える時間を与えられなかったので、八島に言われるまま着替えをした。しかしこうしてナイトドレス一枚で国臣の傍にいると、どうしてもその先を意識してしまう。

市井での性教育は、第二次性徴を迎えればいずれ誰かに恋をして伴侶や子どもを持つ事になる――というごく基本的な物だけだ。直接会ったこともない獣人のことは勿論、自分がなり損ねたオメガすら、どこかおとぎ話のように聞かされるだけだった。

枢機に来てオメガ用の教科書を両親から渡されたけれど、ひととおり読んで知識として取り入れても、やはり現実として実感していなかった――と、こうして今、唯は思い知らされている。

体を強張らせ俯く唯の反応が面白いのか、国臣が苦笑する。

「そんなに緊張するオメガは初めてだ。ともかく、私は無理強いをしたくはない。それに将来を約束できない相手に縋られても困る」

「将来を約束できないって……やっぱり僕とも離縁する気だったんですか？　薫子とも？」

「そうだよ。私は『運命の番』以外を娶るつもりはない。これまで仕方なく番ってきたが、子どももいないし正式な婚姻に至る前に離縁してきた。皆新しい家庭で幸せに暮らしていると聞いているが……私は多くのアルファと違い、項を噛んでも問題なく解除できるが、オメガの負担にはなるだろう。本能に任せて噛むのは止めろと友人にも叱られた」

傲慢な言い分だが、これが枢機を統べるアルファなのだ。

彼らが安定した政治を執り行ってくれているからこそ、人間は平和に生きられる。そしてその代償のように、オメガは獣人に身を差し出す。

頭では理解していても、唯はどうしても納得できない。

「そんなに『運命の番』が大切なんですか？」

「ああ、大切だ。もう十年以上も前に嗅いだあの甘い香りを、昨日のことのように思い出せる。私の血を沸騰させる事のできる、唯一の相手だ。あのオメガを探し続けて、やっと堂崎の系譜であるというところまでは辿り着いたが、どうしても決定打が見つからない」

堂々としていた国臣が深いため息をつき告白する様を、唯は複雑な思いで見つめていた。

――薫子と嶋守さんは『運命の番』だ。薫子の様子を見ていれば、『運命』がどれほど重大な存在か分かる。けれどいくら探すためだからって確かめるためにセックスして、運命じゃなかったら離縁。なんて事を繰り返すことはないんじゃないか？

そんな疑問が唯の頭をよぎる。

どうしても探したいのならば、他に方法はあった筈《はず》だ。

「なんで、もっと効率よく探さなかったんです。城月なら、パーティーでも何でも開いて、オメガを集めればいいのに」

「できればそうしたかったが、流石に枢機のオメガを全て集めれば他家に差し障《さわ》りがある」

「だからってお試しと離縁を繰り返すのは、我が儘すぎます！　一度は番った相手が傷つくとか、考えなかったんですか！」

こみ上げる怒りを抑えきれず、唯は立ち上がると正面から国臣を睨《にら》み付けた。

「どうして君は、関係のないオメガの気持ちをおもんぱかって怒るんだい？　離縁は私の裁量だと皆は知っているから、オメガ側が非難されることはないよ。それに新しい嫁ぎ先も用意している。婚家もまた城月と一度でも番の関係を結んだオメガを娶れば、今後恩恵を受けられる」

どこか人ごとのような言い分が、更に唯の感情を逆なでした。

「いくらアルファだからって、やっていいことと悪いことがある！　あなたは他人の気持ちが分かってない。身勝手で最低な人だ！」

「なるほど。それが市井の価値観なのか」

いくら唯が怒っても、国臣にはその真意が伝わっていないようだ。話がまるでかみ合わないという状況が、これほどまでに徒労感を伴うものだと唯は初めて知った。

――この人、なにも分かってない。……悪い人なんじゃなくて、根本的に価値観が違うんだ。

まだ悪意がある方が、彼の言動を理解もできる。

けれどこれでは、基本的な意思疎通ができていないも同じだ。

「城月さん、あなたは何を考えて……」

と、唯は自分がとんでもなく失礼な態度を取っていると、今更気がついた。枢機において特別とされる堂崎でも、ここまで城月に暴言を吐けば何かしらの制裁を受けても仕方ないのではないか。

青ざめて口をつぐんだ唯の手を取り、国臣が抱き寄せた。

そのまま横抱きにされ、瞳をのぞき込まれる。

「君はオメガなのに、自分の考えを持っているのだね」

「怒らないんですか？」

「私の言葉に配慮が足りなかったのだろう？　ならば謝るのは私の方だ」

そう言いつつも、国臣の態度は唯からすれば傲慢なものだ。しかしそれを今指摘したところで、彼は理解しないだろう。

「君を不快にさせてすまなかった。この通り、私は枢機の常識と政務の知識しか持っていない。しかし市井の者や他のアルファ達の為にも、広く様々な事を知る必要があると考えている」

「……はあ」

「改めて、市井の話をしてくれないか」

大真面目に頼まれても、どこまで本気なのかよく分からない。そもそも枢機の獣人が、市井の生活に興味を示すなど夢にも思わなかった。

彼らはあくまで人間を統治する側であり、必要最低限の関わりしか持とうとしないのではなかったか。

――きっと気紛れだろうけど、これってチャンスかも。

彼が自分と番ってくれない以上、子を産んで城月での発言権を得るのは難しい。まして離縁前提と親戚に知られたら、妹は確実に連れ戻されてしまう。

それならば別の取引材料を出すほかない。

「じゃあ話す代わりに、妹を連れ戻して番にするのは絶対にしないと約束してください」

賭けではあったが、意外にも国臣は唯の提案にあっさり頷《ただ》いた。

「分かった。君の妹が運命の番との婚姻を認められるよう直ちに取り計らおう。君の身の安全も保証する。だが困ったことに、私の親族はすぐには頷かないだろう」

「じゃあ、どうすれば……」

「私も親族から、正式な番を持てとせっつかれていてね。もし君さえ良ければ、運命の番が見つかるまで婚約者として傍にいてくれないだろうか」

つまり暫くの間、互いに偽りの番を演じるという事だと唯は理解する。

「元々妹の代わりでここに来ましたから。僕は構いません」

「ありがとう。君の優しさに感謝する」

丁寧に礼を言う国臣からは他意は感じない。けれど唯としては、妙な引っかかりを覚えた。

——何だろう、これ……そうだ！

彼と顔を合わせてから、一度も名前を呼ばれていないと気づく。

恐らくは彼は、正式な番にならないオメガに対して『個』という認識を持たないようにしてきたのだ。育った環境や、城月という特別な立場を思えば仕方ないともいえる。

しかしこれからは、周囲を欺くために互いに婚約者として振る舞う必要が出てくる。それと、実際に傍にいるのであれば余所余所《よそよそ》しいのは何か違うと唯は思った。

「それともう一つ。僕は堂崎唯です。番わなくても婚約者なんだから、唯って呼んでください。あなたのことも、国臣さんて呼びますから。いいですね？」

流石に年上のアルファを呼び捨てにするのは気が引けたので、『さん』づけを提案する。

するとと国臣はまじまじと唯を見つめ、少年のように破顔した。

「唯、君はとても面白い。実に魅力的だ」

「え？」

「これまで私を叱りつけ、交渉を持ちかけ、名を呼べと命じたオメガはいなかった。ああ、これは楽しいな」

「ええっ、ごめんなさい……」

「謝ることはない。私はとても嬉しいのだからね」

きつく抱きしめられ、唯は何がなんだか分からずされるがままになる。ふとばさばさと音が聞こえてきたので視線を国臣の背後に向けると、立派な毛並みの尾がシーツの上で左右に揺れていた。

——獣人用のバスローブって、尻尾《しっぽ》用の穴があるんだ。

この状況についていけず、半ば現実逃避じみた事を考えてしまう。

「さあ、早速だけれど君の話を聞かせてくれ。勉学の事でも、友人との思い出でもなんでも構わない。——そうだ、お茶を淹《い》れよう」

「ありがとうございます。じゃあ、紅茶をもらえますか」

リクエストすると、国臣は益々《ますます》機嫌を良くして、サイドテーブルに用意されていた銀食器を手に取り自らお茶の用意を始めた。

——もしかして、これって僕がやる仕事だった？

けれど上機嫌でカップのセットをする国臣に水を差すのも気が引けて、唯は静かに見守る。

お茶が入ってからは、国臣は唯が話す市井での暮らしに聞き入った。気紛れではなく、彼が本気で知りたがっているのだと分かった唯は、市井では当然の常識を問われても、丁寧に説明を続ける。

「――そろそろ休もう。疲れているのに、無理をさせてしまった」

気がつけば時刻は深夜を過ぎていて、唯も眠気に勝てず時折言葉が途切れてしまっていた。

「まだ……大丈夫です……」

「これからは婚約者として寝室を共にするのだから、焦る必要はないよ。だから今日は寝よう」

唯が手にしていたカップを取り上げサイドボードに置くと、国臣が肩を抱いてベッドに横たえた。明かりを消すと、暗がりの中で緑の双眸《そうぼう》が光る。

一瞬だけれど、臍《へそ》の奥がじわりと熱を持つ。

だがそれも眠気が勝りすぐに消えてしまった。

――発情……じゃないよな。でも……。

逞《たくま》しい国臣の腕に抱かれていると、心地よくて体をすり寄せてしまう。これは恐らく、オメガとしての本能が勝手に反応するせいだ。

普通のオメガならばもっと積極的になるのかもしれない。しかし市井育ちで性的な事に疎い唯は、無意識とはいえ雄に媚《こ》びるみたいな反応が恥ずかしくて泣きそうになる。

「あの、もう少し……離れます」

「なぜだい？」

「こんなの、恥ずかしいです」

「可愛《かわい》いことを言うね。唯は私の婚約者なのだから、気にすることはないよ」

額にキスをされ、全身が熱くなる。羞恥なのかなんなのか、よく分からない気持ちで胸が一杯になり、唯はぎゅっと目蓋《まぶた》を閉じた。

そして気がつけば、深い眠りに落ちていた。


堂崎唯と偽りの番関係を結んだ翌朝も、なかなか楽しいものだった。

まず目覚めのキスをすると、唯はトマトのように頰《ほお》を赤くして毛布に潜り込んでしまったのである。

散々宥《なだ》め賺《すか》して漸《ようや》く顔を見せてくれたと思ったら、全く視線を合わせようとしない。根気よく理由を聞き出すと、一言『家族以外と一緒に寝たのは初めて』と真っ赤な顔で呟いたのだ。

——挨拶のキスにすら動揺するとは、やはり面白い子だ。

これまで国臣の知るオメガは、大人《おとな》しく従順な者ばかりだった。性的な事に関しても子作りを優先する教育を受けているので、過剰に恥じらうこともない。

それが悪いとは思わないけれど、何を問うても『国臣様に従います』と答えるばかりでは正直つまらないのも事実だ。

己の意思を示さないオメガとしか接してこなかった国臣からすると、自分の意思を主張する唯の言動はなにもかもが新鮮だった。

『城月』である自分を全く恐れず、物怖《ものお》じしない唯にオメガとしてではなく一個人として興味が尽きない。

しかし不思議なのは同じベッドで眠ったにもかかわらず、唯に発情の兆候が現れなかった点だ。虚弱な質《たち》だとは聞いていたけれど、枢機育ちのオメガには珍しいことではない。

それに発情の有無と体の丈夫さとは、全くの無関係だと医学でも証明されている。

気をつけることがあるとするならば、妊娠出産においての体調管理だ。

実は花松が密かに抑制薬を渡したのかと考えもしたが、あれは飲めば独特の体臭になるので嗅ぎ分けられる。しかし唯の肌から香るのは、体を清めるために使われた石けんの香りだけだった。

「不思議な事もあるものだ」

「城月の血に反応しないオメガか。流石、堂崎の嫡男だな」

数日後、様子を見に来た花松を執務室へ通し、人払いをした後で国臣は唯が発情しなかったことを告げた。

少なからず花松も驚いたようだったが、どちらかというと国臣の反応を気にしている。

「それで？　自分の意のままにならない唯君をどう思う」

「面白い」

即答すると、また質問が飛んでくる。

「どういう意味でだ」

「私とこうして対等に会話をしてくれるのは、君だけだと思っていた。けれど唯は同じ……いや、君とはまた違った角度から私に接してくれる。私の寝室で唯は取引を持ちかけてきたんだ。面白い子だろう？」

「見かけによらず、度胸があるな」

対等にものを言ってくるかと思えば、添い寝をしただけで酷く恥ずかしがる。

ころころと変わる表情も見ていて飽きないと続ければ、花松が肩を竦めて笑う。

「君がそんなふうに他人を評するのは初めてだな。番の件はひとまず置いといて、唯君は君に良い影響を与えてくれたようで安心した」

ただし、と花松が真顔で付け加える。

「市井に住んでいた時期が長いから、そこらの箱入りよりは打たれ強いだろう。けれど、無用にからかったりするなよ」

「私はオメガを弄んだりはしない」

「……散々離縁を繰り返して、それを言うのか」

花松は容赦がないが、事実だから反論のしようもない。

「君にそれだけのことを言わせるような真似をしてきたのは事実だ。だが唯はこれまでのオメガとは違う、上手《うま》く説明がつかないが、共にいると楽しいんだ」

最初は妹の『駆け落ち』の手伝いをしたという、その行為の動機に興味を引かれた。身代わりという点で言えば、チャンスと割り切り、喜んで番になろうというならばまだ分かる。

けれど唯は、あくまで妹の身を一番に案じた前提での言動をする。

――城月の名を気にしないオメガは初めてだ。

物心つく前から、国臣には友人と呼べる相手は皆無だった。家族関係は悪くはないが、団らんと呼べるような時間を持つことはない。

城月家の一員になれば、枢機での責務を果たすことが優先される。国臣もまた義務教育が終わるとすぐに学業と並行して、政府の重要な仕事を任されるようになっていた。

当然、周囲は大人だらけで気安く会話ができるような環境でもない。

唯一花松だけが周囲の目を気にせず話しかけてくれたお陰で、友人として関係が続いていた。

——唯が運命の番でないのが残念だ。

強引に番ってしまえば、手元に置くことは可能だ。けれど彼の意思を無視するような真似はしたくない。

「それだけ唯君に執心してるなら、当分はラウンジなんかへの出入りは止めるよな？　あんなところでは番は見つからないのは分かっただろう」

「待ってくれ。それとこれとは、話が別だ。あの店は、君が紹介してくれた場所だろう？」

ラウンジとは、枢機に幾つかある社交場だ。堅苦しいパーティーと違い身分を詮索するのは無粋とされており、気楽に交流のできる場として人気がある。

ただし中には素行の良くない者や、一夜限りで構わないからと、市井から潜り込んできたベータがアルファと関係を持つ場になっている店もあった。

花松は交際範囲が広く、少しばかり怪しい店にも顔が利くので、国臣が息抜きできそうな店を紹介してくれたのである。

ただ国臣としては、息抜き以外にも目的があった。まれにだが、市井で『後天的なオメガ』と判定された人間が番を探しに訪れることもある。

国臣はかつて城月家のパーティーで運命を感じたのだから確率は極めて低いが、万が一にもその中にあの『運命の番』がいるのではないかと、一縷《いちる》の望みを持っていたのは否めない。

「確かに紹介したのは俺だ。だが最近は以前にも増して、素行の良くない輩《やから》が集うようになっている。折角話し相手ができたのだから、しばらくは大人しくしていてくれ」

国臣の考えなどお見通しだと言わんばかりに、花松が鋭い視線を向ける。

狐族の血の強い花松は第六感が酷く冴《さ》えているのだ。

下手《へた》に逆らっても言い負かされるのは目に見えていたので、国臣は黙って頷いた。


花松が来ていると執事の村上から教えられた唯は、急いで国臣の執務室へ向かった。

「わっ。ごめんなさい」

「元気がいいね。パーティー会場で会ったときより、顔色もずっと良くなってる」

廊下を曲がったところで花松と鉢合わせた唯は、転げそうになる体を寸前で支えてもらい事なきを得た。彼は国臣と比べてもかなり細身だけれど、獣人だけあって筋力は人間のそれとは段違いだ。

「もう帰るんですか？　緑君は？」

「彼は今日、留守番なんだ」

「そうなんですか……」

落胆して肩を落とす唯を不憫《ふびん》に思ったのか、花松が声をかける。

「今度は連れてくるよ。約束する。しかし、そんなに緑が気に入ったのかい？」

「はい。緑君とは、ゆっくり話がしてみたくて。僕、枢機にはオメガの友達がいないから、緑君と仲良くできたら嬉しいなって思ってるんです」

「唯君が緑の友達になってくれるなら、俺としても安心だ。そうだ唯君に頼みがあるのだけれど」

声を潜め真剣な面持ちになった花松に、唯は思わず姿勢を正す。

「国臣は立場を偽って、少しばかり羽目を外せるラウンジに出入りする事があるんだ。もし行きたいと言い出したら止めてほしい」

「僕が国臣さんを？　できるかな……」

「大丈夫、君の言うことなら聞いてくれるよ。本当は俺が窘めるべきなんだが、最近仕事が忙しくてね。申し訳ないが頼まれてほしい」

「そんな、頭を下げたりしないでください。できるだけのことはしてみます」

国臣もそうだが、花松もオメガである自分を対等の相手として扱ってくれる。これまでアルファから蔑まれたことこそなかった唯だが、彼らのような態度を取られたこともない。

——二人とも、アルファなのになんかアルファらしくないんだよな。

思い返してみると、薫子の番となった嶋守もごく自然に唯と会話をしてくれた。枢機に来てから殆ど自宅から出たことがなかったので、不特定多数のアルファと接したのは婚約のお披露目パーティーが初めてだったが。

パーティー会場でも、この城月家の使用人達もみな優しく接してくれる。

なのに奇妙な違和感が常にあった。

「……それと気になっていたんだけれど、部屋の外へ出るとき首輪はしないのかい？　せめて庭を散策する時は、付けるべきだよ」

指摘されて、唯はばつが悪そうに頷く。

「はい。首輪をしてなかった時期が長いせいか、なんだか息苦しくて」

「邸内は安心だけれど、外には警備員がいる。身元はしっかりしているが、彼らは邸内の使用人とは立場が違うからね。気性が荒い者もいるし、悪い意味で本能に抗《あらが》えない時もある」

いくら国臣の婚約者でも、万が一という懸念はある。

——僕が発情しないって花松さんは知らないから、心配してくれてるんだ。

初めて出会ったときから、彼は自分を気遣ってくれていた。その優しさが分かるから、唯は気まずい気持ちになる。

「城月家の中で仕事をしている使用人は、皆番持ちだから安全だが、警備員は独り身も多い。だから万が一の事を考えて行動した方がいい。君が傷つくようなことになったら俺も国臣も、緑や妹さんだって悲しむよ」

「ありがとうございます」

まるで兄のように気にかけてくれる花松に、唯は嬉しくなる。

「俺は仕事上、フリーのオメガと接することが多いからアルファ用の抑制薬を飲んでるけど。警備員はそこまで懐《ふところ》に余裕があるわけでもないしね」

オメガの発情香に反応しないための薬も市販されているが、それらはオメガの抑制薬と違ってかなり高額だと聞いている。

枢機に住まう獣人全てが裕福な訳ではないと知ったのは、最近のことだ。市井の人間とは、また違った悩みを抱えて暮らしている。

「オメガって、やっぱりフリーのアルファからすると迷惑ですか?」

「まさか。何か言われたのかい?」

「いいえ……お世話をしてくれる八島さんも、執事の村上さんも、国臣さんを訪ねてくる友人の方々もみんな優しいんです。不安になるくらい……」

こうして花松と話をしていると、もやもやとした違和感が強くなるのを感じる。皆は優しくしてくれるのに、どうしても違和感が拭《ぬぐ》えない。

こんな事を相談するのは失礼な気がして、これまで唯は国臣にも言えずにいた。

「気になることがあるなら、話してほしい。国臣に聞かれたくないのなら、言わないと約束するよ」

「花松さんて、嶋守さんみたいですね」

まるで家族のように親身になってくれる花松に、嶋守の姿が重なる。

嶋守は狼の獣人だったが、初対面から威圧感はなく親しみやすい青年だった。城月の使いとして堂崎家を訪れた際に、薫子がお茶に誘った。その時から家族ぐるみでの交流が始まったのが全ての始まりだ。

獣人らしくない気さくで穏やかな嶋守は、『運命の番』という繋がりなどなくても薫子が惹かれるには十分すぎるほどの好青年で、気づけば自分だけでなく両親も二人の駆け落ちを応援していたのである。

「獣人の方々は優しいし、気遣ってくれます。でもなんだか……分からなくなる時があるんです」

「周囲から向けられる優しさに、納得できないって様子だね。やはり国臣が気にかけるわけだ」

「え？」

「君は感性が鋭く頭もいい。だから獣人の態度が気になってしまうんだね——誤魔化しても不安にさせてしまうだけだろうから、正直に話そう。獣人の殆どはオメガを『愛玩対象』として見ている」

屋敷を訪れる国臣の友人も使用人達も優しいけれど、形容しがたい違和感を覚えていた。けれど花松の言葉で、ずっと気になっていたもやが徐々に晴れていく。

「やっぱり……」

「傷つけてしまってすまない」

「いいえ、ずっと気になっていた事に答えが見つかって、正直ほっとしました」

枢機に呼び戻されてから、オメガとしての教育を受けるうちに唯は少しずつ向けられる違和感に気づいていった。

確かに自分たちは大切にされているけど、それはオメガとして獣人の子を産む事を前提とした『保護』に近い。

——やっぱり、勘違いじゃなかった。

獣人社会である枢機において、自分は彼らと同じ立場ではない事を花松の言葉で実感する。

違和感の正体に気づけたのはありがたいが、やはり気持ちは複雑だ。

「それだけ君たちは魅力的という事ではあるんだが、とはいえ、不愉快になるのは当然だ。上位の獣人は番の他に、パートナーを持つのは知っているね？」

「はい」

「俺を含め、その制度自体に疑問を持つ獣人も少なからずいる。番を公的にも伴侶として認めさせようという動きもあるんだ。国臣はその考えに賛同してくれている」

番は『婚約』も『結婚式』も行うけれど、公的な場では獣人のパートナーが出席する。あくまでも番は『繁殖道具』『愛玩道具』の扱いだ。

枢機で生まれたオメガは、それを疑わない。妹も最初はそうだったと唯は思い出す。

しかし妹の『運命の番』である嶋守は『生涯連れ添うのは薫子だけ。獣人のパートナーは持たない』と両親に話していた。

事実、嶋守は駆け落ちを決意した薫子を一生守ると宣言し、地位も何も捨てて一緒に逃げてくれたのだ。

連れ戻されれば、妹は自由を奪われ改めて国臣と番うことを強制されるだろう。城月側がどういった答えを出すか分からないが、堂崎の一族は今回の不祥事に酷く憤《いきどお》ってる。

そして何より嶋守だって、枢機の代表格である城月の番を奪ったのだから、何らかの罰を受けるに違いない。

「でも国臣さんは、城月の跡取りでしょう？　そんなこと、許されるんですか？」

「逆だよ。彼が番をパートナーとして公の場へ連れ出せば、周囲もそれに倣《なら》う。以前から国臣は『運命の番』がいるのに、性交渉がないとはいえ獣人のパートナーを持つなんてもっての外だと考えていたようだ」

「運命の番……」

彼が拘る相手を指す単語に、唯はどうしてか胸の奥が痛くなった。

自分は薫子の代わりであり、彼がその『運命の番』を見つけるまでの間、かりそめの番を演じる。別に不服はないし、演じることで薫子を守れるならそれだけで十分だ。

「城月家は枢機の中でも特別な家系だ。彼もまた、多くのアルファ達から特別扱いを受けている。良くも悪くも、噂《うわさ》を立てられる身だから、心から打ち解けられる友人も少ない。だから彼と気安く話ができる唯君には、彼を支えてほしいんだ」

「僕は番になれません。国臣さんはずっと『運命の番』を探しているんでしょう」

「友人として支えるというのでは駄目かな。そりゃあ君が国臣の番になってくれたら、俺としては嬉しいけれどね」

考えたこともない提案に、唯はぽかんとして花松を見上げた。アルファとオメガが友人として交流するなど、あり得ないことではないだろうか。

「俺は、唯君が国臣と、良い関係を築いてくれると信じてる。国臣は少しずれてるけれど、信頼できる男だ。これからはどんな些細《ささい》なことでも不安に感じたら。国臣に話すんだよ。約束してくれるね？」

「分かりました」

花松が嬉しそうに、金色の尻尾をふわりと揺らめかせる。

――国臣さんも、寂しいんだ。

生まれながらにして枢機のトップである国臣は、唯には想像もつかない孤独を抱えているのだろう。だからこそ、『運命の番』という無二の存在を追い求めているのだ。

——早く見つかるといいな。

彼が『運命の番』に出会えれば、薫子と嶋守は結婚を許される。そして自分も、堂崎家に帰ることができるのだ。

なのにどうしてか、胸の奥がじわりと痛む。

「それじゃ、また来るよ」

「はい」

踵《きびす》を返す花松を見送り、唯は自分でもよく分からない痛みを抱えてのろのろと自室に戻った。


屋敷での生活は、穏やかに過ぎていく。

礼儀作法に関して八島は厳しいけれど、分からない事を質問すれば丁寧に答えてくれた。

一方、若いメイド達は唯が退屈しないようにボードゲームに誘ったり、お茶会を開いて話し相手になってくれる。

国臣の『繁殖相手』として敬意という名の距離を示す獣人も少なからずいるけれど、身の回りの世話をしてくれる使用人達とは大分打ち解けてきていると思う。

何よりありがたいと感じるのは、国臣の両親だ。

まだ正式な番になっていないので、城月家のしきたり通り直接会うことはできないが、何かと気遣う手紙を村上に託してくれる。

薫子の駆け落ちは仕方のない事、そして唯が来てくれて嬉しいのだと丁寧な文章で伝えてくれる。慈愛に満ちた文章からは、嘘偽りない気持ちが感じ取れた。

――優しい人たちなんだろうな。

けれど締めくくりには『早く子が見たい』と書かれており、その文字を見る度に唯の表情は曇った。

そしてもう一つ、唯を悩ませる問題が表面化してきていた。

堂崎の親戚からも国臣との子作りを促す手紙が、毎日のように届けられるのだ。殆どは名字が同じだけで、会ったこともない遠縁の親族からが大半を占める。

枢機では当たり前なのかもしれないけれど、市井ならばセクハラに当たるような内容ばかりで正直気分が悪い。

中には、あまり埒《らち》が明かないようなら二人とも城月の番になればいい、などと非合法の組織に金を払って薫子を連れ戻すことを仄《ほの》めかすような、脅迫まがいの手紙を送ってくる親族までいた。

流石に手荒な真似は両親と近しい親戚達が良しとしないだろうけど、全く無視していられる状況でもないのは唯も理解していた。

「国臣さん。お願いがあります……。あの、抱いてください」

まだ『交尾』と言う単語を口にするのは抵抗のある唯は、もごもごと市井の言葉で彼を誘う。それでも十分恥ずかしいけれど、国臣は気にする様子もない。

「どうしたんだい、急に。無理に子作りをしなくても、薫子さんを探し出すような事はしないよ」

お茶の時間。いつもなら他愛のないお喋《しゃべ》りを楽しむ唯が思い詰めた様子で告げた言葉に、国臣が首を傾げた。

「ごめんなさい。国臣さんを疑ってる訳じゃないんです。その……」

「堂崎の親族が、なにか言ってきたのだな」

言い淀《よど》む唯の気持ちを察して、国臣が困った様子でかぶりを振る。

「私の耳にも、少しばかり話は入ってきているよ。馬鹿なことは止めるように言ってあるのだけれどね」

口ぶりからして、国臣もそれとなく暴走しがちな堂崎の親族を窘めてくれてはいるようだ。けれど外部との接触がなく、権限も持たない唯は不安だけが募る。

「でも、あの人達の口出しを止めさせるには、子どもがいた方がいいですよね。国臣さんが『運命の番』を見つけたら、すぐ離縁してもらって構いませんから。お願いします抱いてください」

「子どもは、どうするつもりだい？」

「僕が責任を持って育てます。ご迷惑はかけません！」

しかし国臣は、益々表情を硬くする。

「駄目だ、唯。第一、発情しなければ君と交尾はできない。無理に番っても……いや、番うことはしたくない。怪我《けが》をさせてしまうからね」

「時期的にそろそろ来るはずだし、何より国臣さんは強いアルファだから、強引にしてもらえたらきっと妊娠します」

基本的には発情期に番うのだが、あくまでそれは一般論だ。特に国臣のような強いアルファが相手であれば、発情期以外でも妊娠は可能になるはず。

番という名目で城月家にいるのだから、暫くは問題ないと思っていたけれど楽観的すぎたようだ。とにかく既成事実を作り、親族に妹と嶋守の結婚を認めさせなくてはならない。

「子どもができても、正式な番にしてほしいなんて言いません！　だから……」

「落ち着きなさい」

珍しく逡巡《しゅんじゅん》したような国臣に、唯は小首を傾げた。

「国臣さん？」

「君は気づいていないようだから説明するけれど、初めて君を迎えた夜に、君は発情しなかっただろう？」

「はい」

「私とベッドに入れば、オメガは強制的な発情状態に陥る。しかし唯は、そうならなかった。何か心当たりがあれば話してほしい」

指摘されて、唯ははっとする。

枢機に来てからは、殆ど実家から出ず過ごしていたので自分が不完全なオメガであるということがすっかり頭から抜けていた。

「……実はこれまで、ちゃんとした発情はしたことがないんです。枢機に来てからは、一年に数日弱く発情するだけで……。体が弱いことも原因の一つだろうって、お医者様は言ってました」

体調を優先に考えた両親は、唯が発情を迎えるとすぐ抑制薬を飲ませてくれた。お陰で体の不調は出なくなったものの、発情香は以前にも増して弱くなりアルファと会っても特別意識するような事もない。

「市井で初めて発情したときも微熱が出た程度だったから、養母さんが気づいてくれなかったら枢機に戻ることもなかったと思います。……あの、隠してたわけじゃないんです。本当に、忘れてて」

養子に迎え入れてくれた養父母は、堂崎家の遠縁に当たり医師でもある。養母が気づいてくれなかったら、唯はまた違った人生を歩むことになっていたはずだ。

この決断が幸か不幸か分からないけれど、少なくとも彼らは『オメガ』として生きる方が唯のためだと判断してくれた。

「隠すつもりなら、子どもを望んだりしないからね。唯の言葉を信じるよ。しかしそれならば余計、強引に番うのは良くないな。枢機育ちなら、可能かもしれないが……」

「面倒くさくなっちゃいましたか？」

「いいや。私も唯と、交尾をしたい」

まさか国臣から交尾を望まれるとは思ってもいなかった唯は、耳まで真っ赤になる。

――自分で誘ったけど、改めて言われるのってすごく恥ずかしい。

そして続く言葉に、驚いた。

「君に深く触れることで、唯をもっと知る事ができないかと考えたんだよ。私はね、唯を知りたいし唯にも私を知ってほしい」

手を取り真面目な顔で告白する国臣に、唯は内心動揺する。正直国臣が何を考えているのか分からないけれど、彼の言葉は嬉しく思う。

オメガという第二の性など関係なく、彼は自分を知りたいのだと言ってくれた。そして一方的な押しつけではなく、互いの理解を深めたいという気持ちが本気であるのは理解できた。

その方法がセックスであるというのが唯としては恥ずかしいけど、たぶん枢機だけではなく、唯が生まれ育った市井でだって普通の事なのだと思う。

「良かった。それじゃあ僕と国臣さんの目的は、一緒ってことですよね。あとは発情期ですけど……」

「先に言っておくけれど、無理には番わないよ。ただ発情を促せそうな場所に、心当たりはある」

「病院ですか？」

番に早く子をと望む場合、抑制薬とは反対の『促進薬』が処方される事がある。しかしオメガの体に負担がかかるという副作用が確認されているので、正式な番契約が成立しているカップルのみの使用に限られていた。

城月の名を使えば薬の処方は可能だろうと唯は思うが、国臣は首を横に振る。

「少し羽目を外せる場が欲しくて、何度か顔を出したことのあるラウンジなんだ。フリーのオメガもよく来ていて、番を探す場にもなっている。場所柄、わざとフェロモンを振り撒《ま》いているオメガは多いから、誘発されて発情する者もいる」

「そんなお店があるんですね」

「ここ数年は、運命の番探しも兼ねて通っていたんだ」

確かにその場の雰囲気に飲まれて、発情する可能性は高い。オメガの体への負担が大きい薬に頼るより、自然な発情を促せるならそちらの方が安全だろう。

特に唯は体が弱いので、薬を使わない方法で発情できるならそれに越したことはない。

——でもそのお店ってもしかして、花松さんが言ってた悪い場所の事かな？　国臣さんが出入りするのを、止めてくれって頼まれたけど……。

花松との約束を思い出して、唯は少し逡巡した。けれど断ってしまえば折角の機会を逃すことになる。

心の中で花松に謝ってから、唯は頷く。

「連れて行ってください」

「なら早速、支度をしよう」

決めてしまえば、国臣の行動は早かった。

スーツでは目立つのでラフな私服に着替え、髪も適度に崩す。美しい毛並みの耳と尾も目立つので、くすんだ色のスプレーをわざと塗布するように頼まれた。

随分と手慣れているので、それなりの回数を通っていたのだと唯も気づいたが、あえて何も言わなかった。

「——唯、準備はできたかい？」

「はい」

実家から持ってきていたジーンズとパーカーに着替えた唯に、国臣が近づく。そして唯の首に、黒い革の首輪を塡《は》めた。

重厚なそれは国臣の指紋認証が鍵になっているので、第三者には決して外せないのだと説明を受ける。

「本当は君の項を噛んでから、連れて行くべきなのだろうけど」

「大丈夫です。国臣さんは『運命の番』を見つけなくちゃいけないんですから。それに首輪を付けていれば、安全だって分かってます」

自分はあくまで、婚約者を演じているだけにすぎない。『運命の番』を探す国臣が、自制できず唯の項を噛んでしまったら、いくら解除できるとはいえ、彼は自責の念に駆られるだろう。

正式な番にならなくとも子どもはできるのだから、自分はこれでいいのだと唯は微笑んでみせる。

二人はメイド達の目を盗み、裏手の門から屋敷を出た。そこには既にリムジンが待機しており、熊の獣人が恭《うやうや》しく頭を下げてドアを開けてくれる。

――この人、たまに庭で見かける人だ。

確か高岡《たかおか》という名で、邸内の警備を担っている。寡黙で仕事熱心な彼は、長年城月の護衛も任されていると八島から聞いていた。

市井と違い、枢機では事件と呼べるような出来事は殆ど起こらない。なので、警備は飾りみたいなものだ。

ただ人間と会う機会もなくはないので、『警備』という職業自体は存在している。

「珍しく内線があったと思えば……国臣様、よろしいのですか？　花松様に叱られてしまいますよ。仕事の方も、予定のない日はありませんよね」

車に乗り込むと、運転席から不安げな高岡のぼやきが聞こえてきた。問題が起これば、叱責を受けるのは高岡だ。

「問題ないさ。店に着いたら、君は先に帰っていてくれ。執事には唯と食事に出たと伝えてくれれば構わない。君が咎められるような事にはならないよう取り計らうから、安心してくれ」

「お仕事のご予定があったんですか？　放って勝手に出てきちゃまずいんじゃ……」

「たまには息抜きも必要だよ。毎日書類と睨めっこじゃ気が滅入《めい》るし、今日の会議は私抜きでも支障ない議題だ」

心なし楽しそうな国臣に、ふと唯は彼が普段どんな仕事をしているのか全く知らないことに気がついた。

日々多くの獣人が尋ねてくるので、表向き番である唯も挨拶だけはする。しかし彼らの仕事に、オメガが関わる事はないのだ。

堂崎の実の両親は、父が役所勤めをしており母が専業主婦だ。市井で唯を育ててくれた養父母はともに医師で、それぞれいつも忙しく立ち働いていた。

だからずっと書斎に籠もっている国臣が不思議に思えて仕方ない。

——今更、どんなお仕事してるんですか？　なんて聞きづらいし。

改めて唯は、自分が国臣のことを殆ど知らないと漸く思い至った。いくら番であるのはかりそめのこととはいえ、これでは流石に失礼ではと考える。

——僕は自分のことばっかりだ。

妹の幸せを願って身代わりを申し出たけれど、国臣にだって事情があるのは分かっている以上、彼ばかりを責めるのも何か違うだろう。

国臣からすれば、『運命の番』でない唯は、すぐに実家へ帰してしまっても構わないはずだ。周囲から結婚をせっつかれないようにするためとはいえ、国臣は唯を正式な婚約者として扱ってくれている。

——今日だって、僕の我が儘を聞いてくれた訳だし。

もやもやとした感情が心の中に渦巻くけれど、この現状をどうすればいいのかなんて解決策は浮かばない。

色々と考えている間に、車は高層ビルの地下駐車場へと入った。車が空いているスペースに停まり、国臣と唯だけが降りる。国臣は窓越しに高岡に帰るよう指示を出し、迷路のような駐車場を奥へと進んでいく。

丁度柱で死角になっている場所に来ると、そこにはごく普通の鉄の扉があった。ただしドアノブの上には、錆《さ》びた扉に似つかわしくない生体認証の鍵が設置されている。

迷わず国臣が手を当てると、ノブは飾りだったのか扉が自動的に開く。

「わぁ……」

「暗いから、足下には気をつけて。それとここでは、名前を聞かれても答えてはいけないよ。どんな質問をされても、『知らない』で通していいからね」

「分かりました」

差し出された右腕に手を回し、唯は重低音のサウンドが鳴り響く廊下へと踏み出す。

そこは唯が見たこともない、異様な空間だった。

細い廊下がいくつも交差し、天井からは分厚いカーテンが垂れ下がっている。声のする方を見ると、暗がりで密着するカップルの姿があり、唯は慌てて顔を背けた。

「お久しぶりですね」

「来ない間に、随分変わったな」

「ええ……上の者が替わりましてて。静かなお部屋を用意させますので、ご安心ください」

近づいてきた支配人らしき黒服の獣人が、国臣と唯に頭を下げる。立派な角を生やした、オリックスの男だ。

「ベータが多いな。それとオメガの発情香がやけに強いが、これは規定違反だろう」

「はい。運営方針の関係で、本日はそういった『イベント』が行われる日でして。まだ始まっておりませんので、気になるようでしたら本日は早めに切り上げて頂くのがよろしいかと。折角いらして頂いたのに、申し訳ありません」

「そうしよう」

何を話しているのかよく分からないけれど、国臣が眉間に皺を寄せているので不機嫌だというのが分かる。

「唯、少々事情が変わった。長居はせずに帰ろう」

「分かりました」

支配人について店の奥に進んでいくと、途中で虎の獣人が支配人を呼び止めた。彼も従業員のようで、支配人に目配せし、手にしたメモを国臣に見せる。

メモを受け取った国臣は、眉間の皺を更に深くする。

「ここには、プライベートで来ている」

「承知しております。ですが、その……こちらの方は、ご挨拶だけでもと数ヶ月通っていらっしゃる方でして……」

「取り次ぐなと仰っているだろう。これ以上、ラウンジの評判を落としてどうするつもりだ！」

声を荒らげる支配人に、ウエイターが身を竦めた。それでも立ち去ろうとせず、国臣の傍にいる唯に、助けを求めるような視線を送ってくる。

雰囲気からしてこのウエイターは、板挟みになっているようだ。涙目になっているウエイターが気の毒になり、唯はそっと国臣の腕を引っ張る。

「僕は大丈夫だから。行ってきてください」

「しかし」

「ご挨拶だけなんですよね？　すぐ終わるなら、僕は席で待ってますから」

問いかけると、ウエイターはほっとした様子で深々と唯に頭を下げる。唯が許可を出したことで支配人も強く咎められなくなったのか、窺《うかが》うように国臣を見た。

「君がそういうなら、挨拶だけしてこよう。支配人、いつもの席にこの子の案内を頼む」

「かしこまりました」

ウエイターに案内されカーテンの間に消えた国臣を見送り、唯も支配人について席に向かう。

ダンスホールのような広間の端に用意されていた個室に入ると、少しして女性の獣人がリンゴジュースを運んできた。染めているのか、暗がりでも分かるショッキングピンクの兎耳が頭の上で不自然に揺れている。

その後に続いて、首輪を付けた女性が周囲を窺いながら入ってきて、唯の隣に腰を下ろした。

「遠慮せずに飲んで」

「ありがとうございます」

礼を言ってグラスを受け取るけれど、兎の獣人はにこにこと笑うばかりで部屋から出て行こうとしない。よく見れば兎の耳はカチューシャで、服装もウエイトレスとは思えない露出の高いドレスを纏っている。

――二人とも、お店の人じゃない？

店員を呼ぼうとしてテーブルのベルに手を伸ばすけれど、隣に座るオメガの女性がベルをソファの陰に隠してしまう。

「あなた、名前は？」

「すみません。言えないんです」

「へえ、オメガのくせに逆らうんだ」

「躾《しつけ》のなってないオメガね。アルファとベータの命令は絶対だって、教わったでしょう？」

手にしたカクテルを飲み干し、けらけらと女達が笑う。その声を聞きつけたのか、明らかに獣人《アルファ》でもオメガでもない客が数名入ってきた。

――どうしてベータがこんなに……そういえば、さっき国臣さんがベータが多いとかって話してたけど。

枢機と市井の間には、必要以上に交流を持たないという暗黙の了解が存在する。政治や経済などでの交流はあっても、娯楽施設で気軽に会うなんて聞いたこともない。

「あなた、見ない顔ね。もしかして、今日のパーティーが目的で来たのかしら?」

「そうに決まってるわ。いかにも『交尾したくてたまらない』って顔してるじゃない。きっと根っからの淫乱《いんらん》よ。オメガの恥だわ」

同じオメガであるはずの女性が、一方的な憶測を捲《まく》し立て蔑むように唯をなじる。

「あの、僕はそんなこと……」

「首輪してるって事は、フリーなんだろ? 俺達の邪魔するんじゃねえよ」

若い男に小突かれ、唯は顔を歪《ゆが》める。何が面白いのか分からないが、ベータ達はそんな唯を見て大げさとも思える笑い声を上げた。

「あのさ、ここが何するところか分かってるよな? お前みたいなフリーがいると、こっちは相手が減って迷惑するんだよ」

「そうだ。パーティーが始まる前に、犯しちゃわない? いくらフリーでも、ベータの精液まみれになってればアルファも萎えちゃうでしょ」

「そりゃいい。どうせ俺達が種付けしたって、孕まねえもんな」

嬉々《きき》として恐ろしい提案をするベータ達に、唯は真っ青になった。同じオメガの女性でさえ唯を冷たく見つめるばかりで止めようとしない。

逃げようとするが取り囲むベータの手に捕まり、床に引き倒される。

「どうしてこんなことするんですか！」

「邪魔だからだよ。俺だって、オメガに生まれて楽して暮らしたかったのに――」

飲みかけのドリンクを頭からかけられ、唯は呆然とする。これまで他人からあからさまな悪意を向けられたことのない唯にとって、それは衝撃的だった。

怯えて動けなくなった唯に気をよくしたのか、男達が唯の服を脱がそうと手を伸ばす。

「皆さんが構ってやる程の相手じゃないですよ」

その時、カーテンを開けて見知った青年が入ってきた。

――緑君？

これまでとは違い、ラフな装いをした緑は薄笑いを浮かべながらベータ達を一瞥《いちべつ》する。

「彼は俺が預かります。お見苦しいものを放置して、すみませんでした」

謝ってはいるけれど、口だけなのは唯にも分かる。当然ベータ達は、唯に向けていた敵対心を緑へと移した。

「ちょっと、なんなのあんた」

「生意気なオメガだな。まずはお前から遊んでやるよ」

しかし緑は平然としてカーテンを少し開けると、廊下の奥に見える扉を指さす。

「あちらのテーブルに、退屈しているアルファがいらっしゃいますよ。ベータ好きな方で有名です。なんでもベータに種付けをした実績があるとか、ないとか……」

緑が話し終える前にベータ達は我先にと慌てて席を立ち、教えられた部屋に駆け込んでいく。オメガの女性も騒ぎに乗じて、いつの間にか姿を消していた。

「——番を連れてきたって店員が噂してたから、まさかとは思ったけど……まったく何考えてるんだ、あの人は。おい、大丈夫か？」

「……うん……あの人たちが怒ったの、僕が名前を言わなかったからかな」

「あんな連中の言葉、真に受けるなよ。ここじゃ誰も、本当の名前なんて名乗ったりしない」

支えられながらソファに座らせてもらい、唯は隣に腰を下ろした緑を見遣《みや》る。

「助けてくれてありがとう」

「まったく。オメガ同士の嫉妬も大概だけど、アルファに近づきたいベータからのマウントの方が陰湿だって、花松さんは城月様に教えた筈なのに」

「え？」

「あの人……城月様は、自身の立場を分かってないんだ。だから花松さんの忠告も、正しく理解してない」

「どういう意味？」

「君とは別の意味で箱入りだって意味さ。こんな場所に来るベータだけじゃない、城月に嫁いだ君に嫉妬してる『枢機』のオメガは多い。何かされたら、我慢するんじゃなくて、城月様に全部話すんだぞ」

アルコールで濡《ぬ》れた唯の髪を、緑が手にしたハンカチで拭ってくれる。

「君は馬鹿正直だから先に釘を刺すけれど。花松さんと城月様に、俺がここにいたことは絶対に言うなよ」

どうして、と尋ねたら怒り出しそうだったので唯はこくりと頷く。

「……ねえ、なんでベータが枢機のお店にいるのか、緑君は知ってる？」

「何も知らないんだな。箱入りだから仕方がないか。彼らはアルファに気に入られたくて、ここで娼婦《しょうふ》まがいの振る舞いをしている。枢機と市井に必要以上の関わりがないというのは表向きの話で、アルファの愛人になれば色々と恩恵を受けられる——」

緑の説明はこうだ。

枢機にはこのラウンジのような店が幾つか存在しており、獣人と繋がりを持ちたい人間は高い金を払って秘密裏に出入りしている。

市井ではそれなりの立場にある人物や有名芸能人、その身内も多いらしい。

そしてアルファの中には、繁殖にも婚姻にも関わらないベータとの性交を好む者もいて、いくらか爛《ただ》れていてもそれなりに適度な共生関係にあるのだと続ける。

「ただし中には、違法すれすれの店もある。ここはそうでもなかったんだけどな、あいつが関わってから変わった」

舌打ちする緑の瞳に、一瞬怒りの色が浮かぶ。

「獣人が愛人のベータや番のオメガ達に性交させてみせびらかす、『パーティー』なんてのを始めたんだ。見せるだけならまだマシな方で、わざと乱交させる獣人もいる」

「でもそんなことしたら、子どもとか病気とか……」

そんな危険な場所と知って連れてくるなど、正気の沙汰《さた》ではない。

「今まで何を勉強してきたんだ？　ベータはオメガと性交できても、子作りは無理なんだよ。たまに獣人との性交を番に強いる馬鹿もいるけれどね」

「じゃあやっぱり、番以外の相手と子どもができる事もあるよね？　そうしたらどうなるの」

「その場で番が替わるだけだ。ここじゃオメガはおもちゃ扱いなんだよ」

「おもちゃ……」

国臣のようにオメガに肉体的・心理的な負荷をかけず、番を解除できる程の力を持つアルファは、まずいない。いや、アルファ側から番の放棄を通達できるが、その場合はオメガ側が心身共に深い傷を負うことになる。

発情期には、番からの愛を得られず飢餓のような性欲に生涯苦しむことになる。何より生涯連れ添う相手と決めた番に捨てられたという事実に耐えられず、心を病むオメガもいる。

なので余程の特殊な事情がなければ、番の放棄はアルファであっても重罪を免れない。枢機に暮らす者ならば、誰もが知る厳格な法だが、ここではその正論は通用しないのだと緑が続ける。

「獣人が確実に子孫を残せる相手は、オメガしかいない。だけど大切にされてきたのはどの獣人とも相性のいい、堂崎家のような純粋な血統だけなんだ。……話は終わりだ、さっさと帰れ」

先程から緑は何か気になるようで、丁寧に唯の髪を拭っている。

そして急に声を潜め、唯に囁《ささや》きかけた。

「君、抑制薬は？」

「持ってないよ。発情期じゃないし」

ここに来た本来の目的が『発情を促すため』だったので、最初から薬を持ってくるなど頭になかった。それに首輪も付けているし、何より国臣もいる。

しかし緑は苛立った様子で唯を怒鳴りつけた。

「この馬鹿！　立てよ、行くぞ！」

「どこに？」

「城月様のところに決まってるだろ！」

彼の剣幕に気圧《けお》され、唯はなぜ緑が国臣の居場所を知っているのか問えないまま、半分引きずられるようにして個室を出た。幸い先程絡んできたベータ達の姿は見当たらない。

代わりに、緑が示した先にある部屋から、あられもない嬌声《きょうせい》が漏れ聞こえて、唯は何とも言えない気持ちになった。

「他人の交尾なんて気にするな。……ステージの裏から、特別室に行ける。城月様を見つけたら、嘘泣きでもして帰りたいって言え。まずいな、パーティーの時間が早まったみたいだ」

店内の照明は更に暗くなり、唯の手を引いて歩く緑も心なし焦っている。

「今夜は薬も使うって噂だから、番がいようがいまいが犯されるぞ」

「緑君はどうするの？」

「俺はなんとかする。そもそもこの状態で、他人の心配なんてしている場合か！」

従業員用の細い通路の手前まで来たところで緑が手を離し、先へ行くよう促した。けれど緑を置いて逃げるなんてしたくない。

「君は他人じゃない！」

「いいから、早くしろ。自分の体の事が分かっていないのか？　発情しかかってるぞ」

「うそ……」

「犯されたくなかったら走れ！」

背中を押され、唯はよろめく。ちらと肩越しに振り返ると、緑もどこかへと駆けていくのが見えた。

――発情、してるの？

そう言われても、半信半疑だ。基本的に唯の発情は不定期で弱い。

普通のオメガが感じるという兆候も、一度も感じたことはなかった。暗がりに垂れ下がる分厚いカーテンをかき分け進んでいた唯は、立ち止まって自分の手首を嗅いでみる。発情すると、ほのかに金木犀の香りがするからだ。

「……香り、する……」

僅かだけれど、確かに自分の発情香を嗅ぎ取った唯は動揺した。そして意識した途端、香りは全身を駆け巡る。

「国臣さん？」

暗がりの中、獣の目が光った。暗がりから伸ばされる手を取ろうとしたが、寸前で唯は違和感に気づく。

——国臣さんじゃない、別のアルファだ……っ。

咄嗟《とっさ》に身を翻し、唯は必死に走った。カーテンや物陰から、幾つもの手が伸びて、唯を闇の中へ引きずり込もうとする。

先程自分を辱めようとしたベータと違い、アルファ達は無言だ。しかしその欲望を隠しもしないぎらついた視線が、自分の置かれた立場を唯に言葉よりも強く自覚させる。

自分は獲物なのだ。

捕まれば欲望を満たすために犯される。拒むことなど許されない、弱い獲物。

初めて唯は、アルファを恐ろしいと感じた。足が竦み、逃げなくてはいけないと分かっているのに体が動かない。

「唯！　おいで！」

その時、唯の耳に国臣の声が聞こえた。途端に体が軽くなり、声のする方へ一心不乱に駆け出す。

「国臣さん！」

唯は何の躊躇《ためら》いもなく彼の腕に飛び込んだ。

同じアルファだというのに、国臣の腕は優しく自分を包んでくれる。けれどやっと安心できる場所へ逃げ込めたというのに、恐怖は消えてくれない。

「助けて、国臣さん……怖いよ……」

番を持たない唯を、アルファ達は狙っているのだ。狂気じみた視線を首筋に感じ、唯は臣に縋り付く。

「この子は、私の番だ」

唸《うな》るように国臣が牽制《けんせい》してもなお、アルファ達は諦めようとしない。

「……薬、使うって……聞きました」

怯えて要領の得ない説明になってしまったけれど、国臣は何かを察してくれたらしく唯を抱く腕に力を込めた。

「正気ではないということか。……唯、すまない」

国臣の手が首輪に触れる。そしてロックの解除を待たず、力任せに首輪を引きちぎった。

腕の中で反転させられた唯は、項に息がかかるのを感じ体の力を抜く。

こみ上げてくるのは、安堵《あんど》と期待。

「んっ」

まるで口づけを待つ花嫁のように目蓋を閉じると、項に鋭い痛みが走った。彼に噛まれた瞬間、体の感覚が変化する。項と臍の奥がじわりと熱くなり、自分の体が国臣に支配されていくのが分かる。

快楽とはまた違う甘い悦《よろこ》びに、唯は素直に身を委ねた。

――これが番の証《あかし》……。

優しい多幸感が過ぎ去ると、すぐに強烈な発情へと切り替わる。これまでの不特定多数へのアプローチではなく、国臣の劣情を煽《あお》るものだと唯自身も本能で理解する。

溢《あふ》れ出していた香りが収まり、自分に狙いを定めていたアルファ達が諦めた様子で去って行く。

ほっと息を吐いた唯は無意識に身をくねらせ、背後の国臣に淫《みだ》らな仕草で腰をすり寄せる。

「くにおみ、さん」

オメガの本能に抗えず、唯は番となった国臣を誘った。

混乱する唯を抱えて、国臣はラウンジを出た。通りを挟んですぐの場所に城月の所有するホテルがあり、急いで駆け込む。

すぐに国臣の状況を察したフロントが支配人を呼び、命じるまでもなく最上階の部屋へと案内された。

「お薬の手配は、いかがなさいますか？」

「問題ない。私が呼ぶまで、このフロアには誰も立ち入らせるな」

「かしこまりました」

支配人が部屋を出るのを確認してから、国臣は包《くる》んでいたジャケットごと唯をベッドにそっと横たえる。

両手で顔を覆いすすり泣く唯からは、金木犀の発情香が漂っているが、とても襲いかかる気にはなれない。

「ごめんなさい。ごめんなさい、国臣さん。運命の、番じゃないのに、噛ませちゃって……僕、どうすれば……」

「謝らなくていい」

互いに目的があったとはいえ、抑制薬も持たせず不特定多数のアルファが集う場へ連れ出した自分に非がある。なのに唯は国臣を責めるどころか、噛ませてしまったことを何度も謝罪する。

「運命じゃないから、噛むの、だめなのに……」

「唯は何も悪くないだろう。軽率な判断をした私のミスだ」

もぞもぞと居心地悪そうに動く唯の下半身に視線を落とすと、後孔から溢れた愛液でぐっしょりと濡れたジーンズが目に飛び込んでくる。

――抑制薬を……。

念のため、ポケットには発情抑制薬を忍ばせてあった。これを飲ませれば唯の発情は一時的に収まる。そして自分用に、発情香を遮断する薬も携帯している。

すぐにでも抑制薬を飲ませてやるべきと分かっていたが国臣自身、唯の発情香に酔い始めていた。

必死に理性を繋ぎ止めようとしながらも、理性とはうらはらに動く手は愛液で濡れた唯のジーンズと下着を脱がせてしまっていた。

すると唯は、自然に自ら脚を広げて膝《ひざ》を曲げ、受け入れる姿勢を取る。

「や、どうして……あんっ」

後孔からは愛液、勃起《ぼっき》した自身からは蜜《みつ》を垂れ流しながら、唯が不安げに国臣を見上げる。

――一度目の発情以降は、兆候がある度に抑制薬を飲んだと言っていたから。これが初めての本格的な発情か。

枢機育ちのオメガであれば、発情しても短時間なら自分でコントロールができる。万が一の事故を防止するため、薬を使わない抑制方法を幼い頃から学ぶのだ。けれど基本的な知識の乏しい唯からしたら、暴走する体を落ち着かせるなどまず無理な話だった。

心と体が乖離《かいり》した状況が辛いのは、国臣にも分かる。

今でこそ冷静に対応できるが、初めてオメガの発情香を嗅いだ時は、全身の血が沸騰するような感覚に襲われた。その時は運悪くパーティー会場で、それもまだ少年の国臣との既成事実を作りたいが為にわざと仕組まれた事だった。

幸い両親がアルファ用の薬を打ってくれたので、城月の名前に泥を塗るような失態は免れた。ただあの時の、己ではどうしようもない本能の衝動は忘れられない。

相手が運命の番ならば喜んで身を委ねたが、名も知らぬオメガに誘われるまま種付けをするなどあり得ないと思った。

その後は城月の跡取りとして、事務的に番を迎えたがやはり運命の番を諦めきれず皆半年も持たずに離婚した。

これまで見合い相手とは仕方なく番ったが、項を噛む瞬間は常に、運命でなかったことに対する失望と自暴自棄でいっぱいだった。自分は強い血族だから、番を解消してもオメガに負担をかけないのだと、咎める花松に平然と釈明していた自分が愚かしく情けない。

——私は酷い男だ。

「国臣、さん……」

舌足らずに名を呼び、涙目で縋る唯を安心させるようにそっと口づける。

番のいないオメガは発情すると、おかしくなりそうな疼《うず》きをどうにかしたくて本能のままに、見境いなく脚を開いてしまう。

あの場では、自分が嚙むしかなかった。

そうでなければ、唯は他のアルファを誘っていただろう。首輪を付けているからフリーと見なされ、最悪、輪姦《りんかん》されても不思議ではなかった。

発情に慣れたオメガなら、上手くあしらうこともできようが経験のない唯には無理なこと。ましてや初めてが輪姦なんてトラウマになってしまう。

そんな危険にも思い至らずラウンジへ連れて行った己に対して、国臣は改めて反省を深めるが、頭は冷えることなく血を上らせるばかりだ。

唯が他のアルファに組み敷かれる姿を想像しただけで、怒りでどうにかなりそうだった。

「どうしよう。僕の体、おかしくなってる」

内股《うちもも》を愛液で濡らし身悶《みもだ》える唯の体から、パーカーとシャツを剝《は》ぎ取る。少し触れただけでも唯は甘く喘《あえ》ぎ、感じている自分を恥じているのかいやいやと首を横に振った。

「お腹《なか》が熱いの……助けて……」

誘い方もつたないが、それがまた可愛らしい。

こんなにも愛《いと》しいと思った相手は初めてだ。

――この子を……唯を孕ませたい。

脳裏をかすめる本能が理性を侵食していく。それをまるで見透かしたように、唯が更に脚を開いて国臣に誘いをかけた。

「……くにおみ、さん」

項を噛んでいるから、唯の体は国臣を番として認識している。

室内には唯の放つ金木犀の発情香が充満し、互いに抑制薬を飲んだとしても既に止められないのは明白だ。

――この香りは、どこかで……。

薄れかけた理性の片隅で、記憶の底から何かが囁く。しかしそれに耳を傾ける余裕は、国臣にはなかった。

「私の番」

もがく唯を俯《うつぶ》せにして、改めて自分の歯形の上を強く噛む。

「ひっ」

悲鳴は甘く、唯が噛まれた刺激で緩く射精した。

力の入らない腰を掴み持ち上げてやると、愛液が内股をしたたり落ちるのが見える。淡いピンク色の入り口がヒクつき、犯して欲しいと言わんばかりに震えていた。

首輪が引きちぎられ、国臣に項を噛まれた瞬間から記憶は曖昧だ。

自分でコントロールできない甘く激しい波に飲み込まれ、気がついたときには裸でベッドに横たえられていた。

「国臣、さん」

市井で生まれて初めて発情したときは、すぐ家族が気づいてくれて薬を飲んだ。

それでも数日は微熱が出て辛かったので、枢機に来てからも兆候が現れたときには必ずすぐに抑制薬を服用するようにしていた。

医師である養父母や枢機でのかかりつけ医の診立てとしても、唯の体質は定期的な発情を迎えられるほど体力がなく、年に一度、それも数日間だけという軽いものだった。

だから国臣とラウンジへ行く際にも、油断していたのは否めない。

——緑君の言ってたとおり、僕は馬鹿だ。

項を噛まないと約束してくれたのに、自分から誘う形になってしまったことを謝罪するが国臣は首を横に振るばかりだ。

優しい気遣いだけれど、唯の胸はずきずきと痛む。

──国臣さんには『運命の番』がいるのに……。

親族の追及を逃れるために、国臣とのセックス、そして妊娠は必要だ。しかし項を噛まれて番うとなれば、話は変わってくる。

自分はあくまで、彼のかりそめの婚約者を演じるだけの存在だ。国臣の強い血の力をもってすれば番の解除は可能だと知ってても、彼が『運命の番』を探し求めていることを知っていながら関係を持たせてしまった自分を情けなく思う。

「ごめんなさい。噛みたくないのに、噛ませちゃって……ごめんなさい」

「唯、もう自分を責めなくていい」

俯せにされ、腰を持ち上げられると内股をとろりとした粘液が伝う。

「私の番」

「ひっ」

背後から国臣が覆い被さってきて、項を噛んだ。

その刺激で唯は自身から蜜を放ってしまった。

「へんだから、もう駄目っ……」

体の内側から蕩《とろ》けてしまいそうな感覚に、唯は身悶える。

「触らないで……離して……」

逃げようとしても国臣の手はびくともしない。荒い呼吸が耳に触れ、ぞくぞくと背筋が粟《あわ》立《だ》つ。

「挿《い》れるよ」

「なに、するの？」

ぼんやりとしつつも国臣の意図が分からなくて不安になった唯は、肩越しに振り返ってソレを見てしまう。

国臣の股間《こかん》からそそり立つ性器は赤黒く、とても自分と同じものとは思えない大きさだ。

「やだ……そんなの……はいらない。待って……っ」

けれど唯の懇願に国臣が耳を貸すことはなかった。先走りの滲《にじ》む先端が、愛液で濡れる秘所に触れる。

「いや……っん」

拒もうとしたのに、唇から零《こぼ》れたのは媚びるような甘い声。

硬い先端が触れただけで、全身から力が抜けた。

あてがわれている逞しい性器が欲しい。国臣と繫がって、ぐちゃぐちゃになるまで擦《こす》られて射精されたい。

そんな淫らな欲望が、唯の理性をかき消していく。

——なんか、くる……我慢できない。

ぐいと腰を進められ、カリが入り込む。

次の瞬間、国臣と深く番いたいという感情だけが脳内を駆け巡った。

逞しい雄を根元まで受け入れて、最奥に濃い精液を注がれる事を想像すると下腹部の疼きが激しさを増す。

「あんっ」

内壁をかき分けて、熱い性器が唯を犯していく。

「唯」

国臣が唯の項に歯を立てると、獣の体位で交尾が行われているのだとより自覚させられる。

酷く恥ずかしいのに、腰だけは国臣を求めるように上がってしまう。

——なにこれ、わけ、わかんな……あっ。

全身が痙攣《けいれん》して、目の前が真っ白になる。

「いや……い、ゃ……こんなの、知らない」

体の芯《しん》が熱くて、お腹の甘い疼きは激しくなるばかりだ。

杭《くい》のように太い性器に貫かれているのに、唯は多幸感に身を震わせて悦びの涙を零す。初めての交尾なのに痛みも感じず、はしたない声を上げてよがる自分を止められない。

「あっあ……こわれ、ちゃう……おなか、きもち……ぃ、の……くにおみさんっ」

「唯、愛してる……唯っ」

「くに、おみさ……あぁ……」

互いを確かめるように名を呼び合う。それでも物足りなくなったのか、国臣が自身を引き抜き、唯を仰向《あおむ》けにする。

突然のことでなすがままになった唯は、喪失感に混乱した。

「いや、国臣さん。やめちゃ、やっ……ひ、ぃっ」

悲鳴はすぐに、嬌声へと変わった。ピンク色の後孔へ、硬い性器が一気に奥まで押し込まれたのだ。

再び根元まで雄を埋められた唯は、国臣の背に縋り付く。より密着した体位で、本能のままに快楽を貪る。

——これ、すき……だめになっちゃう。

しっかりと腰を固定され、奥を抉《えぐ》るように何度も突き上げられる。

たまらず両足を国臣の腰に絡めると、動きは更に激しさを増した。いやらしい水音が室内に響き、下半身が溶けてしまったような錯覚に陥る。

「ああ、綺麗だ唯」

「や、いや。見ないで」

泣き濡れた頬を舐《な》められ、唯は顔を隠そうとするけれど国臣は許してくれない。繋がった部分から強い快感がじわりとこみ上げてきて、その瞬間が迫っていると分かる。

「あぁ、くる。来ちゃう……っ、いくとこ、みないでっ」

額を国臣の肩口に押し当てようとしたが、強い力で肩を摑まれ引き剝がされた。そして涙で潤む唯の瞳に、欲情した獣の視線が絡む。

「っあ、あぁ」

国臣に見つめられたまま、唯ははしたなく喘いで上り詰めた。

次の瞬間、体の奥で国臣も射精する。

「や、いく……おわらない、の……ひっ……ぁ」

精液を注ぐ間も国臣の性器は硬く、敏感になった唯の内部を擦り続ける。箍《たが》が外れてしまったかのように鳴き喘ぎながら、唯は何度も達した。

それは唯の自身から蜜が出なくなっても続き、内部はひくひくと淫らに痙攣し愛おしむように国臣の雄に吸い付く。

乱れた呼吸を妨げないように、国臣が口づけてくれる。与えられる熱と快楽に飲まれた唯に理性はほぼない。

「くに、おみ……さん……すき」

たどたどしく言葉を紡ぐ唯を、逞しい腕が包み込むように抱きしめる。

「……ああ、私も君を……」

既に言葉さえ理解できなくなっている唯に、国臣の言葉が届くことはなかった。


意識が戻った唯《ゆい》は、自分が自室のベッドに寝かされてると気づく。

「……あ……僕」

「気を失っていたんだよ。熱もある」

心配そうにのぞき込む国臣《くにおみ》と視線が合った瞬間、自分の痴態を思い出して唯は恥ずかしさのあまり涙ぐむ。

――僕、初めてだったのに。あんな恥ずかしいこと……。国臣さん、絶対呆《あき》れてる。嚙《か》ませるつもりなんてなかったのに、嚙ませちゃって……。どうしよう。

取り返しの付かないことをしてしまったという後悔と罪悪感に、唯は苛《さいな》まれる。しかし起きてしまったことは、変えようもない。

自分から番《つがい》の解除を申し出なければと思うのに、どうしてか酷《ひど》く胸が痛んで言葉が出てこない。

声を殺して泣く唯を、国臣が毛布の上からそっと撫《な》でてくれる。けれど今はその労《いたわ》りさえ辛《つら》い。

「城月《しろつき》家の主治医をしております、林田《はやしだ》と申します。唯様、少しお話をしてもよろしいですかな？」

国臣の後ろに長いあごひげが特徴的な白衣の老人が佇《たたず》んでいる事に気づいて、唯は小さく頷《うなず》く。

「元々唯様は発情自体が遅く、香りも弱かったと堂崎《どうざき》家の主治医殿から聞き及んでおります。このたびの発熱と『異変』は本来ならば段階的に進む変化が一気に訪れ、ホルモンバランスが崩れたことによるものでしょう」

「異変て、何があったんですか？」

初対面の人の前で横になったままというのは失礼だと思うのに、酷い倦怠感《けんたいかん》で起き上がれない。ここまで酷い不調は久しぶりなので医者の言う『異変』が関係しているのかと、唯はひやりとする。

尋ねると、林田と国臣が困ったように顔を見合わせた。ますます嫌な予感がしたけれど、唯は林田に問いかける。

「教えてください」

「落ち着いて、聞いてください。――唯様の項《うなじ》には、噛み痕《あと》がございません。お屋敷に戻られてからも国臣様が何度か噛んだそうですが、いずれも数時間で消えてしまったそうです」

告げられた事実に、唯は呆然《ぼうぜん》となった。

すぐにでも解消してもらわなくてはと思っていた番契約だが、それ自体ができていないという事実が受け入れられない。

——どうして……？　そんなの、嫌だ。

たとえかりそめであっても、自分は国臣と番になれないのだ。

そして、自身が薫子《かおるこ》のために行動できなくなった事を悲しんでいるだけではなく、それ以上に国臣との強い繋《つな》がりを持てない事に傷ついてしまっていると気づいて動揺する。

勿論《もちろん》、妹のことは大切だし、薫子を守る決意は固い。

だが同時に、自分でも抑えられない悲しみが胸の奥からこみ上げてくる。

「噛み痕が残らない事で、二つの問題が生じております。一つは正式な番になれないということ。もう一つは、妊娠しにくくなる事です。一方で喜ばしい事もありますな。国臣様が項を噛んだことで、体が過剰反応を起こしておいでです。簡単に言えば、いつでも発情が可能でございます」

噛み痕が残らないというのはかなり特殊な症例だが、城月家の血によりオメガの体に番《つが》うための準備が引き起こされること自体は、ごく当たり前の作用なのだと淡々と告げる。

「堂崎の方々は非常に優秀で、発情香も強く血の濃いアルファとの交わりでお子を授《さず》かりやすい特性がございます。ただ強い発情は、ご自身の体にも負荷がかかる。唯様はもとより体が弱くていらっしゃいますので、急な発情と交尾に耐えられなかったのでしょう」

「今後、唯の体はどうなる？　万が一のことがあれば私はどうしたら……」

沈痛な面持《おもも》ちで尋ねる国臣に、林田が穏やかに告げる。

「突然の事で、心も体も驚いている。といったところでございましょう。発情に慣れ、城月の血に慣れることが、まず回復への糸口かと存じます。できるだけ早く正常な状態に戻したいのなら、交尾を繰り返すことですな。お子様に関しましても、噛み痕が残るまでに回復されれば自然と妊娠しますよ」

つまり発情経験の乏しい唯は、経験を重ねていくしかないらしい。虚弱体質についても、国臣と交尾を繰り返せば体力も付く。と林田はこともなげに言う。

どうにか二人が状況を理解したらしいことに頷くと、林田は『子作り指南書』と書かれた古めかしい冊子を置いて帰ってしまう。

気まずい沈黙の中、唯は必死にベッドから起き上がると、正座をして国臣に頭を下げた。

「ごめんなさい」

「唯、無理はしないで横になりなさい。謝るのは私の方だ……怯《おび》える君を、無理矢理抱いた。項まで噛んで……」

彼の言葉を遮り、湯は首を横に振る。

「国臣さんはギリギリまで我慢してくれたじゃないですか。僕が自分の発情を軽く見てたから、罰《ばち》が当たったんです。子どもが欲しいって、勝手なお願いして。国臣さんは噛みたくなかったのに……結局噛み痕は残ってないですけど……本当にごめんなさい」

重ねて謝罪する唯の肩を国臣が抱き起こし、あやすように背を撫でてくれる。

——緑君が言ってたとおり、僕は箱入りでもの知らずだ。だから迷惑かけちゃったのに、国臣さんは少しも怒らない。

番でもないのに唯の我儘《わがまま》を聞いてくれただけでなく、理解しようとしてくれた。確かにこれまで番となった相手との関係を一方的に解消してきたのは酷いと思う。

けれど、国臣だって悩んでいたのだ。

「これからは『運命の番』だけ噛むって国臣さんは決めてたのに、僕が台無しにして……」

「それは違う。唯だけの責任じゃない」

国臣はスラックスのポケットから、アルファ用の抑制薬を出して唯に見せる。

「万が一のために常備している薬だ。けれど私は、理性があるうちに飲まなかったんだ。君を傷つけると分かっていながら、噛まずにいられなかった」

それだけ自分の発情香は強かった、という事なのだろうか。散々両親や周囲から『堂崎家』としての自覚を持つよう言われていたのに、その意味を深く考えたことはなかったことが今更のように悔やまれる。

自分の不注意で自分だけが痛い目に遭うならまだしも、運命の番でなければもう噛まないと決意した国臣まで巻き込んでしまった。

どうにかして国臣の罪悪感を消したい唯は、必死に考えを巡らせる。

「でも、痕は残らなかった。だったら番になってないって事じゃないですか」

「唯……」

「番になってないなら、国臣さんが悩む必要はないです」

改めて項を触ってみても、牙の痕もなく痛みすら感じない。

それが酷く悲しかったけれど、唯は明るく微笑《ほほえ》んでみせた。

何か言いたげな国臣に唯はおずおずと尋ねる。

「実は気になってた事があるんですけど……僕、ちゃんと……できましたか？」

「ん？」

「……交尾……です」

散々痴態を晒《さら》しても、理性のある間はやっぱり言い慣れない。

緑が聞いていたら、『今更何を』と、笑うだろう。

「覚えていないのかい？」

正直なところ、記憶は曖昧だ。ただ自分が酷くいやらしい言葉で国臣を煽《あお》り、快楽に溺れたというぼんやりとした内容は覚えている。

いっそ全て忘れてしまえば良かったのに、中途半端に覚えているせいで余計に恥ずかしいのだ。

「初めてなのに気持ちよすぎて。途中で訳が分からなくなっちゃったんです……」

「ベッドで乱れるのは、普通の事だろう？　私のモノを根元までしっかり受け入れて、何度もイッていたし。射精する間も、中が吸い付くように絡んできていた」

自分の性器を全て受け入れ、感じてくれて嬉《うれ》しいと国臣が微笑む。

その瞳には蔑みはなく、純粋に深い愛情だけが浮かんでいた。

「城月は獣の血が濃いせいか、交尾の際にどうしてもオメガに負担をかけてしまう。これまでも痛みを訴えて、途中で交尾を断念せざる得なかったオメガは何人もいたんだ」

「痛くなんてなかったです。本当です……」

我を忘れる程の快楽を恥じていた唯だが、国臣の告白に彼の抱える問題を知り同情する。

恥ずかしいのは本当だけれど、きちんと交尾を成功できたことは素直に喜ぶべきなのだろう。

「でも……子どもが作れないくせに発情だけするなんて。はしたないですよね」

「そう嘆く事ではないよ。発情を伴わない交尾は負担が大きいから、早く治すためにも丁度いい」

「早く治す……あの、僕はまた交尾してもらえるんですか？」

問いかけてから、ふと唯は自分の状況を冷静に考えてしまう。妹を助けるには、唯が国臣の子を孕《はら》むことが必要条件だ。

そのためには項に噛み痕が残る状態になるまで、回復する必要がある。

――えっと、きちんと発情できないと妊娠できないから……それには国臣さんと交尾を繰り返すしかなくて……。でもって正常に戻ったら、また孕むまで交尾……っ？

はしたないどころではない状況に、唯は恥ずかしくて気絶しそうになる。

そんな唯の心情に気づいていないのか、国臣が予想もしなかった提案を持ちかけた。

「もし唯が許してくれるなら、君の項を噛んで交尾がしたい。噛み痕を確認するためではなく、番として正しい交尾をしたいんだ」

「……え？」

既に唯の体は、いつでも発情できる状態だ。一度は国臣に噛まれているので、不安定とはいえオメガの本能は城月の血の支配下にある。

なので国臣がわざわざ噛む必要はないのだ。

未《いま》だ『運命の番』を探している国臣からの申し出に、唯は嬉しさと戸惑いを覚える。

「約束も守れないアルファでは、やはり嫌かな」

「違います。その、恥ずかしいだけです」

「なぜだ？」

「だって……その……」

いつでも発情できる体だなんて、市井《しせい》であれば淫乱《いんらん》と呼ばれてもおかしくない。しかし国臣は唯がどうして困惑しているのか理解できない様子だ。

「君に負担をかけないよう気をつけるよ。だから私を信じて、身を任せてくれないか？」

少しずれた答えに、唯は何も言えなくなる。やはり基本的な考え方が違うのだと実感した唯は、今更ながらオメガとしての勉強をしようと心に決めた。

——恥ずかしいとか言っていられないもんな。家で引きこもってる間、子作りの勉強してなかったのがばれたら、城月の人たちだってやっぱり薫子の方が良いって言い出すかもしれないし。

これ以上、事が拗《こじ》れてしまうのを回避するには、枢機《すうき》のオメガとして生きるために知識が必要だ。番の振りを続けるにしても、いちいち恥ずかしがっていれば主治医の林田やメイド達に怪しまれてしまう。

子作りについて変に隠したりせずはっきり話すのが、枢機では普通なのだ。いつまでも慣れない唯なりに真面目《まじめ》に考え込んでいると、国臣が唯の手を握ったまま頭を下げた。

「君を思い悩ませてしまって申し訳ない。あのような場所に連れて行って、すまなかった」

国臣のような上位の立場にある獣人が、オメガに頭を下げるなんてあり得ないと唯も分かっている。

「別にそのことで悩んでたわけじゃ……」

慌てて否定する唯に、国臣は更に勘違いを加速させたようだ。

「先程から君は、私に非がないと気遣ってばかりだ。こんなことをしてしまった私が言うことではないけれど、唯とは対等でいたい」

「僕は、オメガです」

「オメガとかアルファとかは、関係ないよ」

見つめてくる緑の瞳にとらわれ、唯は息をのむ。

漆黒の毛並みとエメラルドのような瞳。

その瞳がふと細められ、片手が唯の頬《ほお》を包む。

「大切な事を伝え忘れていた」

首を傾《かし》げれば、国臣が吐息のかかりそうな距離まで顔を寄せてくる。

「こんな形で奪ってしまったけれど、君は大切な番だ。どうか誓いの口づけを許してほしい」

「国臣さん、僕は――」

『運命の番』ではないと言う前に、国臣が首を横に振って言葉を止める。

「分かっている。酷い番だと罵《ののし》ってくれて構わない」

酷く悲しげな彼を前にして、罵るなんてできる訳がなかったしするつもりもない。

彼の理性を壊し、本能を剝《む》き出しにさせてしまった自分に非がある。

——国臣さん、優しすぎるよ……。

好きでもない相手に対して、彼は責任を取ろうとしているのだと唯にも分かる。ただ今は、何を言っても彼は彼自身を責めるだろう。

互いに混乱しているのだと唯は結論づけ、答える代わりに目蓋《まぶた》を閉じる。

悲しい口づけは、涙の味がした。

「唯君！」

息を切らせて寝室に飛び込んできたのは、花松《はなまつ》だった。その後を追いかけるように、国臣が気まずそうに入ってくる。

ラウンジでの一悶着《ひともんちゃく》から二日が過ぎていた。

「花松さん、約束守れなくてごめんなさい。国臣さんを止められなかった……むしろ僕のせいで……」

「唯君は何も悪くない。それより具合は？」

「もう大丈夫ですよ。ちょっとびっくりしただけで、熱ももう下がってるんです。国臣さんが大げさに話したんでしょう……みんなに迷惑かけちゃった」

慣れない交尾のせいで微熱が続いていたけれど、この程度は慣れっこだ。唯はベッドに上体を起こし、花松に微笑んでみせる。

しかし花松はそんな唯の態度を強がりと取ったようで、全く聞く耳を持たない。

「嘘《うそ》はよくないぞ。君が病弱なのは知っているよ。なのにあんな悪い刺激しかない場所へ連れ出した馬鹿者を、俺は叱らなくてはいけない」

険しい表情で国臣を睨《にら》む花松の尾は、怒りで毛が逆立っていた。

どうやら寝室へ来るまでに、ラウンジでの顚末《てんまつ》は聞かされていたようだ。

「国臣。君がここまで馬鹿な男だとは思わなかったぞ」

「言い訳はしない。唯を危険に晒したのは、私の責任だ」

「あの店は俺が紹介したが、それは君が個人で楽しむことを想定しての事であって、番になっていない唯君を連れて行くなんて危機意識が低すぎる」

以前から国臣は、気晴らしと番探しを兼ねてラウンジへ出入りしていたのは唯も聞いている。しかし花松が紹介したというのは初耳だ。

「あのお店、花松さんのお知り合いがやっているんですか？」

そうであれば、緑《みどり》がいたのも頷ける。

だが花松は唯に問われると急に尾と耳を下げた。

「直接の付き合いがあるわけではないよ。仕事柄、ああいった場所には出入りが多くてね。あのラウンジは支配人の口が堅くて信頼できるから……国臣でも比較的出入りしやすいだろうと紹介したんだ。申し訳ない」

思い返せば、店内で国臣は支配人に名を名乗らなかったし、ウエイターもはっきりと名を口にするような事はしていない。

夜の街に疎い唯でも、所謂《いわゆる》『偉い人が通う秘密クラブ』のような店なのだと察する。

「勝手に妙な店へ行かれるよりはマシと思って、紹介したのだけれどね。ここまで馬鹿だとは思わなかった」

「相変わらず、君は容赦なく叱ってくれるな」

「当然だ。というか、今の小言で終わりだなんて思っていないだろうな。子どもなら反省文を書かせる所だが君はいい大人《おとな》だ。なので当分は、こちらの仕事を手伝ってもらうぞ」

「分かったよ」

反省しつつも、国臣はどこか嬉しそうだ。こうしてはっきりとものを言ってくれる相手が、本当に少ないのだろう。

「国臣さんは反省してるし、それに僕を守ってくれたから。もう叱らないであげてください」

「唯君は国臣を甘やかしすぎる。国臣、唯君に免じて忠告はこのくらいにしておこう」

どうやら花松は、緑があの日ラウンジにいたことは知らないらしい。緑ならもっと詳しい状況を、花松に伝えられたはずなのだから。

——緑君と約束したし、黙ってよう。

彼なりに何か事情があって、店内にいたのだろう。それに助けてもらった恩もあるので、下手《へた》に花松に言ってトラブルになったら申し訳ない。

ため息をつき肩を竦《すく》める花松だが、何か思い出した様子で唯の側に腰《こし》を下ろす。

「部屋へ来る途中で聞いたのだけれど、噛み痕が残らないというのは……」

「本当です」

ただでさえ虚弱で、子作りに適さない体だ。

呆れられるかと思いきや、やはり花松は唯の体を案じてくれる。

「国臣、君が今回の事件まで、本当に唯君を噛んでいなかったことは評価する。しかし主治医に診せたとなれば、ご両親や世話係には知られただろう」

「その件に関してだが、問題ないよ」

「どうやって言いくるめた。初夜に噛んでいなかったと知られれば、唯君に咎《とが》めが行くと分かっているだろう？　これからもずっと、唯君を守る覚悟はあるんだろうな」

薫子の代理として婚約した以上、ベッドを共にした唯を今まで噛んでなかったのはおかしいということになる。

この場合、不手際を指摘されて責められるのはオメガである唯の方なのだ。だが国臣は、あっさりと答える。

「両親からは私が叱責を受けた。世話係にも、唯に非はないと説明してある」

唯が寝込んでいる間に、国臣は両親に『噛み痕が付かない』理由の説明を求められていた。気に入らないのならすぐに実家へ返せ、と圧力をかける親族達に対して、国臣は毅然《きぜん》と『これまでの所業を反省し、今度こそ大切にしたかっただけ』と釈明したのだと話す。

両親は国臣の説明に感銘を受け、親族達を説得してくれたが、そんな大切な相手を連れ出したのは軽率だと叱られたと項垂《うなだ》れる。

自分が寝室でのんびり療養している間に、そんな攻防が繰り広げられていたなんて初めて知った唯は、困ったような嬉しいような複雑な気持ちになった。

いくら堂崎の直系でも、初夜に噛まれなかった事と、現状で噛み痕が残らないというのはオメガとして致命的だ。

問答無用で実家に送り返されても、文句は言えないのに。

――国臣さん。庇《かば》ってくれたんだ。

椅子《いす》を持ってきて唯に向き合う形で座った国臣を見つめれば、安心させるように見つめ返される。

「両親もメイド達も、唯が悪いなんて思っていないから安心しなさい。皆、君が早く元気になることだけを祈ってくれているよ」

「しかし気になる点がある。少なくとも、唯君は国臣を嫌ってはいないと思うのだけど。初めて番っただけで、そんなにもショックを受けるかな……まさか国臣、唯君に酷い行為を強いたのか？」

「それはありません！　だって国臣さんは、僕を助けてくれたんです」

「唯……」

疑いを晴らすために唯は緑が助けてくれた事をぼかして、花松に店で起きた出来事を説明する。

「あの時、僕を見ていたアルファの目が怖くて……まだ夢に見ます」

思い出すと、未だに体が震えてしまう。あの時自分は、単に肉欲を満たすための獲物として見られていた。

「それが原因で、トラウマになった可能性は高いな。一種の擬態のようなものだろう」

「擬態ですか？」

「噛まれても痕が残らないというのは、確かに問題だ。しかしオメガとして不完全な個体と見せかければ、アルファには狙われない」

恐怖心から生まれた防衛本能に原因があるのではと、花松が指摘する。

「確かにそういった要因も考えられるか。主治医が心身ともに驚いている状態と言っていたのにも頷ける」

けれど原因が分かっても、解決にはほど遠い。

「唯にそこまでの恐怖を与えてしまった、私に全ての責任がある」

「当然だ」

弱いオメガという自覚はあった。生涯番を持たず、疑似ベータとして一生を過ごすと思っていたから、オメガとして不完全な体質を不満に思ったことはない。

しかし、もしこのまま戻らなかったらと考えてしまう。

――薫子にも、国臣さんにも迷惑がかかる。

「僕がもっと強ければ……」

「君は悪くない。国臣が牽制《けんせい》しても退かず、噛むまで付きまとったというのは、恐らく違法興奮剤の作用が原因だ。あの日、店にいた客を調べておこう」

薬を使っていた事を差し引いても、獣人達は唯を『貴重なオモチャ、またはペット』として扱った。それは許されないことなのだと、花松が力説する。

「店で君を襲おうとした連中は、全員罰せられるべきだ。合意なき交尾は、犯罪なんだよ。なのにオメガの発情香に誘惑されたと被害者ぶるアルファもいる。自制する方法はいくらでもあるのに、まるで君たちにばかり責任があるような物言いをする輩《やから》は嫌いでね」

花松のような考えの獣人はまだ少なく、庇護的《ひごてき》な感情はあっても対等ではないと今回の事で思い知った。

更には『あの飽きっぽい城月国臣が未だに離縁していないオメガ』というだけで、自分が興味の対象になっているとも気づいてしまった。

「国臣さん、花松さん。僕……このまま戻らなかったらどうなるの？　またあんなことがあったら……」

嚙み痕が残らないという事は、不特定多数と交尾をしても番になれないことを意味する。ラウンジでの出来事は異常な状況下での事と頭では分かっていても、もし同じような事が起これば、番になれない自分は欲望に晒され続けるのだ。発情香は止められず、アルファの獣欲を意図せず煽ってしまう。

あのラウンジにいたオメガの女性の言葉が、唯の脳裏に蘇る。

『淫乱』と蔑んだ彼女の言葉通りになってしまった。

「唯、落ち着いて。まずは体調を戻すことを第一に考えるんだ。戻ったら君の体が正常な状態になるまで、何度でも交尾しよう」

「……みんなに、迷惑、かけちゃう……」

突然頭が割れるように痛くなり、唯はベッドに崩れる。

急いで医者を呼びに出て行く花松と、心配そうに唯を抱きしめる国臣が視界に映る。

なのに脳裏には、全く別の情景が浮かんでいた。

カーテンの間から次々に伸ばされる手と、暗闇で光る獣の眼差《まなざ》し。

複数のアルファから向けられた欲情の視線を思い出し、唯は声にならない悲鳴を上げて国臣に縋《すが》り付く。

何度も呼びかける国臣に答えたいのに、口が上手《うま》く動かない。

「唯、唯っ」

急激に熱が上がったのか、意識が朦朧《もうろう》としてくる。

——でも国臣さんは、怖くなかった。

初めて番った夜。国臣も本能を剥き出しにした眼差しで自分を見つめていた。

あの無数の欲情の持ち主達と同じアルファなのに、どうしてか彼になら何をされても構わないと唯は感じた。

——国臣さんは全然違うって……言わなきゃ……。

苦しげな彼に手を伸ばすけど、思いを伝える前に唯は失神した。


翌朝には唯の熱は平熱に戻ったが、林田から『ベッドから出ても構わない』とお墨付きをもらえたのは、更に十日が過ぎてからだ。

その間、国臣は可能な限り唯に付き添い看病をしてくれた。

国臣が傍にいると安心して眠れるし、心が穏やかになる。

唯としては嬉しいけれど、それと同じくらい苦しくて正直複雑だった。

——……僕、国臣さんのこと、好きになっちゃったんだ。

けれどベッドから出られるようになっても、変異した体質が戻る気配は未だにない。いくら項を噛んでも噛み痕が残らず子も望めないオメガという現実を、国臣の両親がどう思うかという不安は常に付きまとっていた。

だがそれは杞憂《きゆう》だったようで、彼の両親だけでなく八島《やしま》を筆頭としたメイドも執事の村上《むらかみ》も唯に対して好意的な態度は変わらなかった。

どうやら城月家側は『運命の番』探しに拘《こだわ》っていた国臣が、今度こそ正式に番を娶《めと》るかもしれないと考えたらしい。

——薫子と国臣さんの為に、演技してるだけだって知られたら……。

しきたりで未だ顔を合わせていない国臣の両親からは、度々手紙で気遣ってもらっている。書かれている内容の端々から、彼らが心優しい獣人なのだと分かるので、唯は心苦しくなるのだ。

そんな時、唯は客間での国臣と城月の親族の会話を立ち聞きしてしまった。お茶の準備ができたので呼びに行った際、僅《わず》かに開いていた扉から聞こえてきた声に立ち竦む。

「――子が生まれれば番として完璧だが、無理ならば正妻として納まるだけでも構わないだろう」

何度か聞いたことのある声だが、顔までは分からない。国臣がなんと答えたのかも聞こえない。

「もし体質が戻らなくても、堂崎の子息であれば正式な番として申し分ない。子は側女に作らせればいいじゃないか……」

ここまで聞いて、唯は堪《こら》えきれずその場を離れた。

――なんで僕、泣いてるんだろう？

部屋に戻ってふと鏡を見ると、涙でぐしゃぐしゃになった自分の顔が映っていて唯は唖然《あぜん》とする。

親族の言葉は、唯にしてみれば願ってもないものだった。正式な番として認められれば、薫子が連れ戻されることは阻止できるし、何より国臣も側女を取るという名目で堂々と『運命の番』探しに専念できる。

なのに胸の奥が苦しくて、涙が止められない。

ソファに座りクッションを抱えてうずくまっていると、人の気配がして唯は顔を上げた。

「唯、具合が悪いのかい？」

「国臣さん、お客様は……？」

「帰ってもらったよ。それよりも酷い顔色だ。メイドが酷く心配していたよ」

そういえば部屋に戻る時、すれ違ったメイドが声をかけてくれたと思い出す。

「さっきお茶の準備ができたって、国臣さんを呼びに、客間へ行ったんです……」

絞り出すように告げると、それで全てを察した国臣が唯を抱きかかえて座り直した。膝《ひざ》の上に横抱きにされた唯は、所在なげに抱えたクッションに顔を埋《うず》める。

「聞いていたのか？」

「はい。盗み聞きして、ごめんなさい」

正直に立ち聞きした事を認めて謝ると、国臣が首を横に振る。

「軽率だった。側女を迎える件は、断りを入れたよ」

「僕は仮の番なんだから、気にしないで」

「いいや。駄目だ」

国臣が目尻《めじり》に残る涙を指先で拭《ぬぐ》ってくれる。

「私の番は君だけだからね」

どういう意図で、彼がそんな事を言い出したのか唯には理解できなかった。きっとこれも、国臣なりの配慮なのだろう。

――『運命の番』が見つかるまでは、僕以外のオメガを抱かないって事かな。

花松との約束もあるので、軽率な行動は慎むという意味かもしれないと唯は考える。

優しく宥《なだ》めるようなキスが、何度も繰り返される。まるで恋人同士のような触れ合いに、いつしか唯の涙は止まっていた。

「……前から思ってたんですけど。国臣さんて獣人なのに、花松さんや嶋守《しまもり》さんとも違いますよね。優しいけど……なんて言えばいいのかな」

上手く説明できない唯の言葉を、国臣は根気よく待ってくれる。こうした態度も、獣人としては珍しいのだと思う。

基本的に獣人はオメガに対しては優しい。だがそれは、下位の相手に対する庇護や愛玩といった感情に基づく感情だと緑から教えられ、深く納得できた。

しかし花松も嶋守も、そして国臣も自分を対等な存在として見てくれる。

「優しいだけじゃないっていうか、ちょっと怖くて。でもラウンジにいたアルファとも違うんです……」

「――私が怖いのかい？　それなら、寝室を分けるべきだろうか」

「違うんです！　えーっと、怖いけど優しいから傍にいたいっていうか。変なこと言ってますよね」

「いや、私も君が『運命の番』でないと分かっているのに、本能のままに犯してしまいたくなる」

そう話す国臣の目は、獣の眼差しをしていた。夢で魘《うな》されるほど怯えてしまうのに、唯はぼうっと見惚《みと》れてしまう。

「僕も違うってちゃんと分かってるはずのに、なんか変なんです……枢機で育ってたら、こんな意味のない事を考えたりしなかったのかな？　もっとオメガらしくしなくちゃいけないのに。ごめんなさい」

少しばかり自虐的になってしまうのには理由がある。

市井の常識が染みついた唯の思考は、時としてオメガとしてあるべき考え方に疑問を持ってしまうのだ。

実は、実家に戻ってすぐの頃、枢機のオメガが通う高校に編入していた。

しかし、学力は問題なかったものの周囲と馴染《なじ》めず、一ヶ月ほどで自宅学習に切り替えてもらった。原因は、市井と枢機で、ものの考え方があまりにも違いすぎたからだ。クラスメイトは皆、唯に優しかったけれど、市井の話題を口にすると困惑した様子で唯の傍から離れてしまう。

一度だけ、市井の話は嫌なのかと聞いてみたことがあった。けれど彼らは『枢機で暮らしているのだから、早くつまらない事は忘れた方がいい』と繰り返すばかりで、彼ら自身の考えを教えてくれることはなかった。

「枢機の教育を受けていたとしても、唯は唯のままだったと思うよ。枢機育ちのオメガが悪いとは思わない。けれど、私は唯のように自分の考えを口にしてくれる相手の方が好きだ」

あやすように頭を撫でる国臣に、そういえば、と唯は問いかける。

「国臣さんは、僕が市井生まれでも気にしてませんよね。市井の話も聞いてくれるし……どうしてですか？」

市井での生活を知りたがった相手は、両親と妹以外では初めてだ。枢機のトップである家柄で、人間とは一生かかわらずに生きることも可能な立場の国臣が、なぜ知りたがるのか。疑問だったのに、ずっとそれどころではなくて聞きそびれていた。

「世間知らずには、なりたくなかったんだ」

意外な返答に、唯は首を傾げる。

枢機と市井を支配する立場の国臣の口から、世間知らずなんて言葉が出てくるとは思いもしなかった。

「唯も知っているとおり、獣人は殆《ほとん》ど人間とは関わらない。私もラウンジのような場か、特別な式典以外では顔を合わせたりもしない。なのに私は、君たち人間を保護する責務がある」

何も知らないのに分かったように振る舞うのは嫌なんだと、国臣が笑う。

「だから君が市井での生活やベータやオメガの考え方を教えてくれて、嬉しかった。枢機には優秀な教師はいても、忌憚《きたん》ない意見をくれる相手は花松くらいだ。その彼も、市井に関しては唯ほど見識がないからね」

――そっか……国臣さんの周りには、教えてくれる人がいなかったんだ。

何度も一方的な離縁を繰り返したと聞いたときは最低だと思ったし、ラウンジの出入りに関しても正直複雑だった。

けれど国臣は国臣なりに、考えて行動していたのだと唯は知る。離縁に関してだって、相手の将来にも配慮していた。

そもそも枢機で生きてきたオメガ達は、アルファに逆らうなんて考えもしないから離縁を切り出されても大人しく従うしかない。

感情を露《あらわ》にせず、言われるまま行動するオメガしか知らなければ、それが当然だと思うようになっても仕方ない気がする。

「これまで散々、オメガに対しての言動を花松に叱られたが……唯と話をするようになって、やっと彼の言う意味が分かってきた気がする」

「悪いことをしたって反省してるなら、次は失敗しないように気をつければいいんですよ。『運命の番』を見つけたら、絶対に泣かせたりしないでくださいね」

「そうだね……」

なぜか歯切れの悪い国臣に、唯も言葉をかけられずなんとなく気まずい空気が漂う。

——えっと、話題変えよう……そうだ！

さりげなく周囲を見回した唯は、テーブルに置いてある数冊の本に目を留めた。

「あ、あの。僕ももう何も知らないのは嫌だから、八島さんに頼んで教科書を用意してもらったんです」

「教科書?」

「……その、交尾に関して……勉強不足だから……」

ラウンジで発情した時、唯は混乱状態に陥った。それまでの軽い発情とは違う強烈な感覚に怯え、結果として国臣に項を噛んでもらうことになったのだ。

もし自分が恥ずかしがらず、きちんと勉強して発情の知識を持っていれば、抑制薬の準備を自分でできていただろう。

その後悔もあって、唯は八島に頼んで枢機のオメガが読む教科書を用意してもらったのだ。

「どうして急にそんな事を」

「傍にいられる間だけでも、国臣さんに相応《ふさわ》しい番でいたいと思ったんです。国臣さんと一緒に読むといいって言われてたんですけど」

日々仕事に追われる国臣に我が儘を言ってはいけないと思い、言い出せなかったと続けると、国臣が一番上に載っていた教科書を手に取る。

枢機に来てから唯は、交尾に関して発情周期など基本的な勉強しかしていない。正直なところ、枢機の教科書は刺激が強すぎて読めなかったのだ。

「国臣さんも、勉強したんですよね」

「アルファとしての心得や、オメガの発情周期に関しては幼いうちから学ぶよ。交尾の際にオメガをリードするのはマナーだから、筆記のテストもある。けれどオメガ用の教科書は初めてだね」

　どうやら八島は市井育ちの唯にも分かりやすい、図の多いカラフルな教本を選んでくれたらしい。

　国臣から教科書を受け取り、唯はページを捲《めく》る。

　けれどどのページも、刺激的な内容であるのには変わりなかった。

『全てを番に委ねて、子種を乞いましょう』などと説明書きがされており、どうしても目が泳いでしまう。

「子作りには、必要な知識なんですよね」

　挿入されたら感じる部分を伝えましょうとか、アルファの煽り方など、初心者用とはとても思えない。

「薫子さんからは、教えてもらわなかったのかい」

「妹とこんな話できませんよ！　それに薫子は、こ、交尾の授業含め、筆記テストは全部首席を取ってたから……両親も僕が知らないなんて思い当たらないみたいな感じで、僕も聞きにくかったし……」

　ずっと枢機で育っていれば、なんの疑問もなく受け入れられた教育だろう。むしろ薫子は逆に、唯が市井から持ち込んだ娯楽作品が刺激的だとさえ思っていた節《ふし》がある。

家族の思い込みをいいことに、唯は恥ずかしいから見たくないという本当の理由を告げず、ずっと『分かったふり』で通していたのだ。

「唯はこの教科書が、嫌いなのかな？」

「……恥ずかしいです。特に国臣さんと一緒に読むのは……」

「そうだね、体温が上がって鼓動も速い。まるで発情直前のようだ」

獣人の感覚器は鋭いので、唯の変化などお見通しなのだろう。それをあっさり口にするから、益々《ますます》気恥ずかしくなってしまう。

「以前から疑問だったのだが、市井ではこういった勉強はしないのかい？　オメガが発情した場合の対処法だけでなく、心構えなど知っておくべき事はあるだろう？」

「ベータは発情自体がないから必要ないんです。一応性教育の科目として保健体育はあるけれど、ここまでは詳しくないです……基本的にはネットとか見て、自分でなんとなく覚えます」

唯も自分がオメガだと知ってはいたが、ずっと出来損ないとして生きていくと思っていたので、性的知識はベータが平均的に得るものだけだ。

「自主性を重んじるということかな。しかし正しい知識があった方が安心だと思うが。ベータの文化は不思議だね」

「ひゃんっ」

無防備に体を預けていた唯のジーンズに、国臣が手を伸ばしボタンとファスナーを外す。するりと入り込んできた手が下着越しに自身をなぞり、更に下の敏感な部分をゆっくりとまさぐる。

「脚を開いて」

「あ……っ」

下着の隙間から指が直接後孔に触れる。

「枢機のオメガの男性は、孕みやすいようにココでの自慰を最初に覚える。男性器で快楽を得るのは、番と結婚してからだ」

耳にかかる吐息だけで、唯の体は軽く発情しかかっていた。内側からとろりとした愛液が滲《にじ》み出し、国臣の指を濡《ぬ》らす。

入り口付近を確かめるように愛撫《あいぶ》していた指が、粘液を纏《まと》わせると唯の内部に入り込んできた。

「いま触っている場所が、前立腺《ぜんりつせん》だよ。発情すると充血して敏感になる。唯もここを擦《こす》られるのは好きだろう」

「ぜんりつ、せん……すき」

軽く擦られているだけなのに、頭の中がぼうっとしてくる。初めての交尾で前立腺を刺激される悦《よろこ》びを知ってしまった体は呆気なく反応し、自分から腰を擦り付けてしまう。

「やんっ」

嫌々をするように緩く首を横に振るけれど、本気で抗《あらが》っていないことは唯自身が一番よく分かっていた。

次第に国臣の呼吸も荒くなり、項に彼の犬歯が触れる。それだけで愛液は量を増して、淫《みだ》らな水音を立てた。

——もっと奥に、欲しい……。

指を締め付けると、ぞくぞくとした快感が背筋を這《は》い上る。

「唯の体は敏感で物覚えもいい。もうココだけで、いけそうだね」

「んあっ……ああっ」

充血して膨らんだそこを、指の腹が強く押した。堪えきれず唯は、指を食い締めて軽く達してしまう。

「……国臣さん、僕……発情してないのに。中に欲しい」

指だけでは、物足りない。腹の奥が酷く疼《うず》いて、雄を欲している。すると国臣は徐《おもむろ》に唯の手にしていた教科書を取り上げて、テーブルに放った。

「あの、国臣さん？」

「教科書より、実地で覚えた方が早いだろう」

項に吐息がかかり次の瞬間、唯の薄い皮膚《ひふ》に国臣が強く歯を立てた。

項を噛んだ途端、唯の体からは発情香である金木犀《きんもくせい》の香りが漂い始めた。頬を上気させ、くたりとしなだれかかる唯を抱き上げてベッドに運び服を脱がせる。

前戯をする余裕もなく、国臣は唯の体に自身を埋める。背後からの交わりではなく、正面から抱き合い、口づけを交わしながらの甘い交尾だ。

「んっ……う」

愛液で蕩《とろ》けていた内部はすんなりと国臣を受け入れ、嬉しそうに締め付けてくる。唯自身も両手足を国臣の背に回して、素直に快楽を享受していた。

しがみついて感じ入っている唯が可愛《かわい》くて、もっと悦ばせてやりたくなる。

「苦しくないか？」

「はい……あ、あひっ」

無理をしていないのは分かるけど、加減をしないと唯の体に負担がかかってしまう。

愛らしい声で喘《あえ》ぐ唯からは、以前より強い発情香が漂っていた。しかし国臣が探し求めるあの香りではないのも確かだ。

それでも今は、唯に対して愛《いと》しい気持ちが募る。

体調が戻ってからは、ほぼ毎晩唯の項を噛んで番っている。

そのお陰か既に唯の体は、噛まなくても愛撫だけで濡れるようになっていた。

正式な番ならば、発情期でなくとも深く番うことは可能だ。

けれど唯とは、いくら体を重ねても未だに噛み痕が付かないので、その点では不完全な関係のまま。

「あ、国臣さんっ」

しがみついてくる細い体を抱き返すと、雄を受け入れた内部も健気《けなげ》に食い締めてくる。飢餓に似た感覚がこみ上げて、国臣は抗えきれず唯の喉元《のどもと》に牙を立てた。

するとそれだけで感じるのか、一際甲高く喘いで唯が達した。

「っ、ん……きゃ、ぅ……ぁ、ア」

痙攣《けいれん》する奥を小突くと、子猫のような悲鳴を上げて身をくねらせる。

無意識に腰を擦り付けて子種をねだっていると分かるが、国臣は必死に本能を抑え込む。

唯に交尾の知識がほぼないと分かってしまった以上、一方的な交尾をするわけにはいかない。

——この子を傷つけることだけはしたくない。

城月の血は、狼のそれに近いものだ。力強く有能なアルファの血脈だが、それは交尾にも反映される。城月の番として正しい交尾を受け入れられるのは、堂崎を含め片手で数えられるほどの血族しかいないだろう。

細い腰を摑《つか》み、硬い先端で奥を探る。すぐにその場所に行き当たり、国臣の理性は一瞬消えそうになった。

しかし侵入を拒むように硬くなる最奥の感触で、なんとか踏みとどまった。

——やはり完全には整っていない。強引に番えば、心身共に傷を負わせてしまう。

押さえつけ、まだ閉じている子作りの部屋に自身を突き入れて深く番いたい。そんな欲望を殺し、国臣は低く唸《うな》る。

腕の中で鳴き喘ぐ唯は、幸い国臣の異変に気づいていない。

疑似発情だから、国臣も本能をコントロールができているが、唯の体が正常に発情すれば恐らく我を忘れて貪ってしまう。それほどまでに、自分は唯に惹《ひ》かれている。

「……奥は……だめ……」

感じ入りながらも何かを察したのか、唯が途切れ途切れに訴えた。怯えさせないように、できるだけ優しく問い返す。

「なぜだい？」

「きもち……くて……おかしくなる、から……あん」

恥じらう姿が可愛らしくて、国臣は唯の奥を先端で捏《こ》ねる。本格的な発情期になったらどれだけ乱れるのかと、思わず想像してしまう。

このまま更に奥まで挿《い》れて、唯が孕むまで子種を注ぎたい。

ひくりと下腹部が震え、唯の自身から薄い蜜《みつ》が零《こぼ》れた。

もう何度も射精しているので、勢いはない。代わりに内部の締め付けが強くなり、国臣の雄を追い詰める。

病弱で発情も不完全だと診断されている唯だが、オメガとしての資質は十分だ。

「唯……」

「あ、ぁッ」

逃げられないように腰を掴み、奥に射精する。中で出しながら感じている場所を刺激すると、内壁にかかる精液にも感じるのかヒクヒクと痙攣しながら食い締めてくる。

——香りが、変わった？

僅かだが、金木犀に蜂蜜が混ざる。香りの変化は堂崎の血筋特有のものだが、金木犀、蜂蜜、そしてそのどちらでもない香りが鼻先をかすめた。

それは国臣でも感じ取れるギリギリの、ごく僅かな香りだった。

どこかで嗅いだような、と集中しようとしたところで、縋り付く唯に意識を引き戻される。

「くに、おみ……さ……」

「傍にいるよ、唯」

「ん……」

立て続けに上り詰め、ぐったりとした唯から自身を引き抜く。後孔からは受け止めきれない精液が溢《あふ》れ、シーツに広がった。

正しく番であれば一滴も零さず胎《はら》に納めるものが、流れ出ているということは、やはり唯は己と番にはなれない体なのだろう。

自分の責任であると改めて自覚した国臣は、悔しさに唇《くちびる》を噛む。そして唯が番でないことをなぜ悲しく感じるのか、疑問に思う。

――『運命の番』ではないと、初めから分かっていたはずだ。それに唯とは、互いの目的を理解した上で交尾をしている。

唯は妹の為、自分は『運命の番』を探し続ける為に互いを利用している。もしも唯が孕むようなことがあれば、その子どもも唯も城月の保護下で生活させるつもりだ。

唯が自分との離縁を望むのであれば、身元のしっかりした番を紹介する用意もあった。だが、今の国臣には、唯を手放すなど考えられない。

いつの間にか眠ってしまった唯を抱き寄せ、国臣はもう一度その首に噛み付く。

薄い皮膚は僅かに充血しただけで、すぐまっさらな状態に戻った。

今まで感じたことのない感情が、国臣の胸を満たす。唯の項は、まるで国臣を拒絶しているようにも思える。それは勝手な感情だと分かっていても、心は辛くなるばかりだ。

この白い肌に己のものだという証を刻み、唯を慈しみ深く交わりたい。

――ああ、私はこの子を愛しているのか。

ずっと摑みあぐねていた疑問への答えは、すぐ傍にあったのだと気づく。

唯は運命よりも大切な相手だ。


翌日、国臣は花松を呼び出した。

唯との関係を今後どうすれば良いのか意見を求めたかったのだが、説明を終えた途端、花松はアドバイスをするでもなくただ深いため息をついた。

「どうしたんだ、花松」

「……急用だって言うから駆けつけてみれば。俺は惚気《のろけ》を聞くために、君の所で働いてるわけじゃないぞ」

「私はただ、唯を屋敷に留《とど》めておく方法を相談したかっただけだ。唯には何不自由ない生活の保証と、薫子さんを含めたご家族の保護と援助を申し出たいと考えている。他に必要な事があれば助言して欲しい」

結果はどうあれ、駆け落ちなどという事件を起こした薫子が、今後どうなるのかは国臣にも分からない。『駆け落ちをしたオメガ』を罰する法はないけれど、逆を言えば薫子が初めて罰せられる対象となる可能性はある。そうなれば悲しむのは唯だ。

「だから、その上から目線は止めろと言っているだろう。屋敷に残るか残らないかは、あの子が決めることだ。唯君が来て大分マシになったかと思ったけれど、変わらないな」

「すまない」

別にオメガだからと、見下しているわけではない。

それに花松と出会ってからは、かなり言動も改善されていると思う。けれど幼い頃から『高位のアルファ』として相応しい振る舞いを教え込まれてきた国臣は、どうしても高慢な物言いをしてしまうと自覚もある。

「まあ、君が学生時代のような物言いをするときは、冷静さを欠いているときだからな。怒ってはいないよ。それだけ唯君に対しての感情が、抑えられないという事だろう?」

「そうなのだろうか」

指摘されても、自分の感情がよく分からない。唯の事は愛しく思うが、だからこそ冷静に事を進めようとしているつもりだ。

「国臣は唯君とどういった関係になりたいんだ？　事と次第によっては、俺が介入する事になるぞ」

詰め寄る花松に、国臣は眉《まゆ》をひそめる。

「まさか花松、君は唯を番にしたいのか？　いくら君でも、許せることではない」

「どうしてそういう思考になる……馬鹿か？」

今度こそ本気で呆れたらしく、花松が頭を抱えた。

親友が困り果てていると分かった国臣は、自分が酷い失言をしたことを謝罪しようとする。けれど言葉を発する前に、花松が片手を上げてそれを制した。

「分かっている。君はかなり混乱しているようだから、謝らなくていい。ただ俺の方からの説明は、冷静に聞いてくれ。確かに唯君は、素晴らしいオメガだ。しかし彼に対する感情は、あくまで友人としてのものだけだ。それに俺には、番にすると決めた相手がいる」

思いがけない告白に、国臣は口元をほころばせた。

いかにも遊んでいるような振る舞いをする花松だが、基本的には仕事熱心な男だ。これまで幾つもの見合いが持ち込まれていたが、全て仕事を理由に断っているのを国臣は知っている。

「そうなのか、初耳だよ。おめでとう花松。それで式は？」

「俺自身も最近自覚したばかりだからね。まずは相手に受け入れてもらえるか、確認しなくてはならない……ともかく、俺が唯君に横恋慕するようなことはないから安心して欲しい」

苦笑する花松が、それより、と話を戻す。

「しかし国臣。『どうして怒った』んだ？」

「唯は私を理解してくれる特別な存在だ。愛しい友人と形容すればいいだろうか。そんな大切な唯を長年の親友とはいえ、君に取られると考えたら頭に血が上ってしまった」

口にしてから、国臣は自分の心にある思いが愛情だけでなく執着も含んだ物だと気づく。ネガティブな感情だと教えられてきたそれが、自分の中にいつの間にか芽生えていたと知り驚くが、花松の問いがもたらす更なる衝撃が戸惑いを上回る。

「君は友人を抱くのか？」

「……いいや」

「なら答えは簡単だ。君は唯君を、番として愛してるんだろう」

愛しく思う感情と、番という存在が結びつかないでいた国臣は暫《しば》し考え込む。

「確かに、唯の事は愛していると自覚はした。だが唯には、番にしないと約束をしてしまっている」

「そんな事はどうでもいい。君がどうしたいのか、言ってみろ」

「私は唯を、愛しく思う……唯が同じ気持ちでいてくれるなら、番として迎えたい」

「ご両親に、責任を取れと言われたからかい？」

「違う。私は唯を、愛しているから、番にしたいんだ」

言葉として重ねていくごとに、ぼんやりとしていた感情が確かな形になっていくのが分かる。

「唯君が『運命の番』でないと分かっていても、娶るんだな？」

改めて確認され、国臣は頷いた。

「唯が私の過去を許してくれるのなら」

「君の口から、そんな殊勝な言葉が聞けるとは思わなかったよ。その答えが本気なら、俺は君たちが幸せになれるよう尽力しよう。ただし彼が番を拒絶したら、俺は唯君の意思を尊重して行動する」

オメガの人権活動に携わる花松がそう答えるのは当然だろう。これまでの行いを顧みれば、唯が素直に番となってくれる確率は低い。

「分かっている」

しかしもし断られても、自分は素直に身を引くことができるのか疑問だった。長い間探し続けた『運命の番』に対して、自分でも驚くほど未練はない。

けれど今更唯に告げても、信じてくれるかは疑問だ。

「唯が番となってくれるなら、必ず幸せにする。子がなせないことで問題があるなら、跡継ぎの座は親族に譲っても構わない」

「君がそこまで言うのなら、俺も協力しよう」

二人の獣人があれこれと話し合いをしている間、屋敷の庭では、唯もまた緑と密談を交わしていた。

仕事の話があるからと国臣に呼び出された花松の隣には、緑が鞄持《かばんも》ちとして付き添っていた。

「話が終わるまで、緑を頼む」

そう言って執務室に駆けていく花松を、唯は緑と共に見送った。相変わらず陶器の人形みたいに綺麗《きれい》な緑は、形だけの笑顔を浮かべて唯を見ている。

「緑君――」

「お久しぶりです、唯様。ご用がありましたら、何なりとお申し付けください。私は隣室で邪魔にならぬよう控えております」

拒絶の態度を隠しもしない他人行儀な緑だが、ここで怯《ひる》んでは意味がない。

「来てくれてありがとう！　緑君と話したくて、どうしても会いたいって花松さんに頼んだんだ」

「……ここじゃメイドに聞かれる可能性がある。庭で話をしないか？」

「そうだね。バラ園に温室があるから、そこに行こう」

手を繋ぐと、緑は一瞬顔を歪《ゆが》めたが振り払いはしなかった。

「君は変わっているね。枢機のオメガなのに、強引だ。もっと慎ましやかに行動したらどうだい？」

「僕、慎ましいとか苦手だから」

市井にいた頃は、同級生達とごく普通の少年らしい遊びに興じていた。不良という程ではないけど、校則で禁止されている買い食いもしたし、ゲームセンターに出入りもしていた。

けれど緑は唯の言葉を鼻で笑う。

――嫌われてるのは分かってる。でも……きっとなにか理由があるはずだから。

初めて会ったときから、緑は『枢機』と『市井』の差を意識するような発言をしていた。彼が市井出身のオメガであるのは間違いないし、唯自身も三年前までは市井にいたから完全な『枢機育ち』とも違う。

だがそれを説明するタイミングがないまま、今日まで来てしまった。

庭に出て、周囲の目の届かない温室へ入ると、緑はあからさまに冷たくなる。作り笑顔さえ消え、唯など見向きもしない。

それでも唯はめげずに、緑に話しかけた。

「助けてくれてありがとう。緑君がお店にいたことは誰にも話してないから安心して」

すると緑の表情が曇り、吐き捨てるように告げる。

「二度とあんな場所には行くな」

「どうしてお店にいたのか、聞いてもいい？」

「君には関係ない」

答えは素っ気ないけれど、律儀に返事をしてくれる辺り彼の性格の良さが窺《うかが》える。

「今日だって、花松さんの頼みだから来てやったんだよ。で、話ってなんだい」

――無視しないで聞いてくれるって事は、やっぱり緑君はいい人だ。

本人は気づいていないようなので、あえて指摘はしない。

「早くしてくれないか」

急《せ》かされた唯は、彼の気が変わらないうちに本題に入ることにした。

「緑君もその……えっちなことする時は、どんな感じなのかなと思って。あれ、すごく恥ずかしいから、どうしていいのか分からなくて」

「これだから枢機のオメガは……親しくもない相手に、そんな踏み込んだことを普通聞かないだろう」

「ごめんなさい」

流石《さすが》にデリカシーがなかったと項垂れる唯に、緑が肩を竦める。

「君が知りたいことは大体分かる。どうせベッドで声を殺したり、過剰に恥ずかしがったりしたんだろう」

「なんで分かるの？」

「枢機のオメガのくせに、変わってるからな。どちらかというと、市井出身者に近い。君は堂崎直系の血筋と聞いているが、やはり堂崎では特殊な教育が施されるの？」

「えっと、どういう意味？」

やはり緑は、花松から唯の事情を詳しくは知らされていないようだ。知っていれば多少態度は違っているだろう。

「枢機のオメガは、ベッドでアルファを悦ばせる技巧を学ぶだろう？　自分好みに教育したいアルファもいるから、全員同じ教科書を使う訳じゃないけれどね。共通して、恥じらわず快感に溺れろという教育を受ける。枢機のオメガが恥ずかしがるなんて、聞いたこともない――ってことは堂崎は特別ってことだろ」

流石にここまで勘違いされていては、どこから誤解を解いていったらいいのか困ってしまう。

唯は自分が市井で暮らしていたと告げようとするけれど、緑があぁと何か納得した様子で遮った。

「そうか、妹さんの代わりだと花松さんが話していたけど……本来は相当変わり者のアルファに嫁《とつ》がされる予定だったのか。そういった相手に合わせた教育をされていたのなら、理由は分かる。高位のアルファの中には、偶《たま》にいるからね」

哀れみの視線を向けられ、唯はどうしていいのか分からず黙ってしまう。彼は唯を馬鹿にしているのではなく、純粋に同情していたのだ。

「箱入り教育の結果という事だね。ある意味、君は変わり種のオメガを欲したアルファの被害者という訳か。妙な性癖の番を持つと、枢機のオメガでも悲惨だと聞いてる。理解はしたけれど、今の君は将来の保証がされていることに変わりない」

「ごめん」

項垂れる唯に、緑は静かに続ける。

「ただ、同じオメガのよしみで相談には乗ってやる。手短に頼むよ。それで……その。君はベッドでどうしたいんだ」

口ぶりからしてやはり、緑も交尾に対して羞恥心を持っていると分かる。

やはり相談相手として間違っていなかったと、唯は内心ほっとした。

「あのさ緑君も、花松さんとセックスするときは恥ずかしいよね。そんな時、どうしてる？　克服する方法とかあれば、教えてほしいんだ」

「はあ？　俺と花松さんは、そういう関係じゃない！」

真っ赤になって声を荒らげた緑に、唯はぽかんとして目を見開く。

恋愛に疎い唯でも、彼が花松を好いているのはその視線を見ていれば分かる。

「緑君は花松さんの事、好き、だよね？」

「君は馬鹿か？　正直に答えるわけないだろ」

その反応自体が答えになってると気づいていない様子なので、唯は余計な怒りを買わないよう口をつぐむ。

「……っ……こんな時に」

吐き捨てるように緑が呟《つぶや》き、唯から視線を逸《そ》らす。

と同時に淡いシャンパンの香りが鼻先をかすめた。

――これ、緑君の発情香だ。

他人の発情香を間近で嗅ぐのは初めてだ。基本的に、番を持たないオメガは首輪を付ける。それ以外にも万が一の場合を想定し、事故防止として抑制薬を常用する者もいる。

「失礼」

緑は徐にジャケットの内ポケットからピルケースを出して、慣れた動作で錠剤を飲む。

「大丈夫？」

「最近、常用していた抑制薬の効きが悪くてね。もう一段階、強い物に替えないと駄目だな」

恐らく花松の話題が出たことで意識してしまい、香りが強くなってしまったのだろう。軽率に話題を振った事を反省しつつも、唯は彼の発情香に興味を持った。

「香り、大人っぽくて羨ましいな」

正直な感想だったけれど、緑は苦笑しながら首を横に振る。

「羨ましがられるのは、香りだけだ。俺は薬を飲んでても調整しにくいタイプだから、疎ましがられる」

「発情できるのは、いいことなんじゃないの？」

「アルファでも、発情香を毛嫌いするヤツはそこそこいる。オメガ同士ともなれば、香り自慢で喧嘩《けんか》になることもあるから面倒なんだ」

「そういえば、花松さんもオメガの発情香に文句を言うアルファがいるって、言ってたような……」

ペット扱いで大切にされるオメガだけれど、やはり色々と問題はあるようだ。

「君は本当に、何も知らないんだな。折角だから、教えてあげよう。市井出身の場合、幼いうちにオメガと分かって枢機送りになれば、良い家に引き取られる。けれど俺のように市井に馴染んでしまったオメガの価値は低い」

「価値って？」

「幼ければ『獣人と番う事』がオメガの使命だと素直に受け入れられる。けれど市井の生活を知っていると、考え方を変えることも難しい。アルファからすれば、血統も良くない上に反抗するオメガなんて厄介なだけだ」

言われてみれば確かに、実家へ戻ったばかりの頃はかなり戸惑った。幸い両親は唯の意思を尊重し、馴染めないのなら自宅学習にすれば良いと切り替えてくれたので、良くも悪くも枢機社会に抵抗を感じずにいられたのだ。

「引き取られた先で少しでも反発すれば、医師に『適性なし』と診断書を書かせて体《てい》よく売られる。表向きは相性の良いアルファを見つけるため、と説明されるが実情は娼館《しょうかん》みたいな場所で複数のアルファの相手をさせられるんだ。項を噛まれないように首輪を付けて、客を取る。あの日ラウンジで見かけたオメガの殆どは、そういう店から派遣された連中だ」

「でもそんな事をしたら子どもが……」

「客が気に入れば、そのまま結婚できる。けれど殆どは避妊薬を飲まされ、番を持てない下位のアルファの性欲処理を続ける。娼館を出られるのは運のいいオメガだけだ」

酷い現実を突きつけられ、唯は側にあるベンチにへたり込んだ。家族と引き離され、枢機に引き取られた市井のオメガは制約はあれど幸せな生涯を約束されるとばかり思っていた。

――だからラウンジにいたあのオメガは、ベータに襲われる僕を助けてくれなかったんだ。

特別室にいた事で、唯が番を持っていなくとも高位のアルファの番候補だと彼女は気づいていたのだろう。

何も知らず守られている唯がどれだけ憎いか、彼女の立場を想像すれば容易に理解できた。

「俺はたまたま、オメガの発情香をアルファより早く嗅ぎ分ける特技があってね。客の依頼があれば、外出も許されてた。その仕事をしていた時に偶然、花松さんと出会って保護してもらったんだよ。花松さんと出会ってなければ、君とこうして話をすることはなかっただろうね」

皮肉げに口の端を上げる緑の目に、感情は窺えない。彼がどういった経験をして来たのか、問うことさえ自分には許されないと気づく。

「今話したようなオメガは、まだ幸せな部類だ。君のように何の苦労も知らず、ただアルファに嫁ぐことだけが幸福だと疑ってないオメガがいる一方で、地獄のような扱いを受けている市井出身のオメガもいる事を忘れるな」

平然と話す緑だが、その瞳は氷のように冷たい。

だから初めて出会った時から、緑は自分を敵視していたのだ。

「……知らなかった」

「知らないのは当然だね。すまない、八つ当たりをしてしまった。ただ薄っぺらい同情心で哀れまれる方が、市井のオメガを傷つけると覚えておいてくれ。枢機と市井のオメガが対等だなんて、幻想だよ」

「同情なんて……僕は」

「ああ、君の質問に答えてなかった。城月様に求められたら、素直に脚を開け。恥ずかしいだのなんだのって、甘ったれた考えは捨てることだね。第一、君は妹さんの代わりとして城月家に来たのだろう？　だったら城月様に気に入られるよう媚《こ》びて子を作れ——オメガの価値は、子を産むことだ」

今ここで自分が市井で暮らしていたと告げても、緑には言い訳にしか聞こえないだろう。とてもそんな雰囲気ではないし、話した所で『でも堂崎家だろう』と一蹴されるのは目に見えている。

事実、唯はこれまで堂崎の嫡男《ちゃくなん》という立場があったからこそ、枢機の教育を受けず市井の娯楽さえも楽しめる生活を続けてこれたのだ。

「――二人とも、こんな所にいたのか。探したよ」

「緑、唯君。お茶にしよう」

優しい声が、温室の入り口から聞こえてくる。けれど唯は、顔を上げられない。

花松と国臣が入ってくると、緑がいつもの穏やかな笑顔に戻る。そして何ごともなかったかのように、唯の隣に座った。

「唯君？　具合が悪いのかい」

「ええ、花松さん。唯様は目眩《めまい》がしたそうで、少し休んでいたんです。城月様、俺が付いていながら、申し訳ありません」

「いや、君の責任ではないよ。唯は私が抱いて部屋に戻ろう」

気遣うように背中をさすっていた緑に支えられ、唯は国臣の腕に抱き上げられる。

「気分の良くなるハーブティーを用意してもらおう。俺は緑と先に戻るから、君たちはゆっくり来てくれ」

「ああすまない」

呼ばれて緑は、可愛らしい笑顔で花松の元に駆け寄る。その表情は作り物ではなく、心からの笑顔だと分かる。

――僕は枢機でも市井でも、受け入れてもらえないんだ。

自分は不完全なだけでなく、どちらのオメガからも拒絶される身なのだと分かってしまう。

――世間知らずは僕だ。

やり場のない悲しみに胸が痛むけれど、唯にはどうしようもなかった。


――僕は、どうすれば良かったんだろう。

上の空でお茶会を終え、夕食も殆ど食べず唯は部屋に戻った。明らかに様子のおかしい唯を国臣は心配していたけれど、緑がいる前で話せる内容ではない。

けれど二人きりになると、堪えていたものがこみ上げてきて唯は泣き出してしまう。

「先程から顔色が良くないが、何かあったのかな」

「国臣さん、僕……」

「言いたくなければ、無理に話さなくてもいいんだよ」

抱きしめてくれる腕に縋ると、国臣は軽々と唯を抱き上げて窓辺の椅子に座り明かりを落とした。室内は柔らかな月の光に包まれ、薄い暗がりは心を落ち着けてくれる。

唯は国臣の胸に顔を埋めたまま、ぽつぽつと告げる。

「枢機の方針に従わない、反抗的なオメガが送られる……娼館があるって知りました」

「誰から聞いたんだい？」

「言えません。――我が儘言ってるのは分かってます。でも誰が僕に話したか、聞かないでください」

緑から聞いたと言えば、国臣も何かしらの行動を起こすだろう。けれど緑を咎めてほしいわけではないし、ショックではあったけれど教えてくれたことに感謝している。

「分かった。約束する」

その言葉に胸をなで下ろした唯だが、疑問はまだ残っていた。

「市井出身のオメガは、酷い事をされてるって……でも詳しくは教えてくれなくて。国臣さんは、知ってますか？　知ってるなら、教えてください。僕は知らないまま、誰かを傷つけるのはもう嫌なんです」

知っていれば、軽率な発言で緑を傷つけることはなかったはずだ。唯の真剣な眼差しに思うところがあったのか国臣が頷く。

「話す前に、一つ訂正しておきたいから落ち着いて聞いてほしい。唯が聞いたような娼館は、枢機の公認ではないよ。確かに市井から来たオメガの中には、枢機のしきたりを受け入れられない者もいるのは事実だ。けれどだからといって、売春を強いるような仕打ちはしない。市井の生き方を尊重するアルファとお見合いをして、番になる例は多い」

「そうなんですね」

安堵《あんど》したのもつかの間、続く言葉に唯は顔を曇らせた。

「ただ、そういった場所があるのは事実だ。私も詳しい事は把握できていないのだけれど、違法な場で複数のアルファと番の契約を結ばされた報告事例がある。薬で錯乱させて、発情期もコントロールするようだ」

「酷い……」

ラウンジとはまた趣向の違う場所であり、市井で言うところの『警察』が取り締まるような施設らしい。

これには国臣を含め、枢機を統括する獣人は頭を痛めているのだと続ける。

そんな場所で暮らさざる得ないオメガを思うと、やりきれない気持ちになった。

「やはり君には、話すべきではなかったね」

「国臣さんも言ってたでしょう。僕も知らないままは嫌だったから……話してくれてありがとうございます——でもどうしてそんなことをするのかな？　相性がいいなら、正式な番になれますよね」

番って子ができるという事は、相性がいいと証明されたようなものだ。確かに発情期のオメガは殆どのアルファと子作りができるが、一度の交尾で確実に孕めるのは相性の良い相手に限られる。

すると国臣は、困ったように首を横に振る。

「一部のアルファの間には、優秀な子を産ませるには相性は関係ないと主張する者がいる。非合法の薬を使って強い発情を促し、複数で犯した方が精子が競い合って優秀な遺伝子が生き残り優秀な子が生まれる。などという馬鹿げた噂《うわさ》を信じているんだ。非科学的と示されているのに情けない事だよ」

同時に複数の相手を番とする。つまりは輪姦《りんかん》だ。

ラウンジで数多くの視線を浴びた時の事を思い出し、唯は震える。もし国臣と再会する前に摑まっていたら、自分もあの獣人達に貪られていただろう。

ベータに犯されそうになった事も怖かったけれど、アルファとの交尾は妊娠の危険が付きまとう。

しかし唯は、国臣の話す『馬鹿げた噂』が引っかかった。

本を正せば優秀な子孫を残すために、彼らなりに最善の方法をとっているだけだろう。

――そうだよね、緑君も言ってたとおり、オメガの価値は子どもを産む事で決まる。

自分は今、子を孕む事はほぼ不可能だ。もしも正常な状態に戻ったとしても、この虚弱な体では交尾はできても子を作れるかは分からない。

申し訳ない気持ちになり考え込んだ唯を、国臣がそっと抱きしめる。

「勿論、見ない振りをしている訳ではないよ。私達にとって、オメガは大切な宝だ。現実問題として獣人と人間に隔たりはあるけれど、理性あるアルファはベータも含めて対等だと考えている」

勘違いをした慰めの言葉に、唯は答えられない。それに彼が口にした宝という言葉が心に重くのしかかる。

——オメガは子どもを産めるから、大切なんだよね。

どうしたって変えられない現実に、また涙が溢れてくる。

「……国臣さん。僕を見捨てないでいてくれますか？」

自分でも思いもしなかった言葉が口をついて出る。こんな事を言っても、『運命の番』を探す彼の重荷になるだけだ。

けれど国臣は唯の言葉に頷いてくれる。

「見捨てたりなどしないよ。私は君を愛している」

かりそめの番でしかないのに、どこまでも国臣は優しい。衝撃的なことを一度に知りすぎて、心が疲れ切ってしまった唯は国臣に顔を寄せて初めて自分から口づけをねだった。

「国臣さん、きす……して」

「キスだけでは、終われないよ」

「うん」

まるで番のようなやりとりが、嬉しくて悲しい。

唇が重なると、唯は国臣に抱き上げられてそのまま寝室へと運ばれた。


毎晩のように交尾をしても、唯の体が正常に戻る気配はなかった。

国臣に噛まれると僅かに体の芯《しん》が熱くなるだけで、番としての証《あかし》は一向に刻まれない。なのに体は熱く火照《ほて》り、疑似発情して雄を求めてしまう。

——いつまでもこんなことをしてたら、国臣さんも迷惑だろうし……。

責任を感じているのか、唯が『運命の番』探しに行っても構わないと訴えても、彼がラウンジへ赴くことはなかった。そしてお節介な親族が側女の候補写真を持ち込んでもその場で断りを入れていると執事の村上が嬉しそうに教えてくれた。

——本当の出来損ないになっちゃったのに、みんな優しい。

城月の使用人達は、心から国臣と唯が番になることを祝福してくれている。本心では子どもを望んでいるだろう国臣の両親でさえ、急かすような手紙は全く寄越さない。

いっそ責められた方が気が楽だとさえ思うが、そんなのは贅沢《ぜいたく》な悩みだ。

唯は国臣が仕事で執務室に籠もっている間は、できるだけ使用人の目を避け温室に籠もることが多くなっていた。

ぼんやりとバラを眺めていると、入り口の扉が開いて熊の獣人が顔をのぞかせる。

「失礼いたします。入ってもよろしいでしょうか？」

「ええと高岡《たかおか》さん、でしたっけ？　何かご用ですか」

確か彼は、国臣と唯をラウンジまで連れて行ってくれた警備員だ。城月ではそれなりに長く警護の任務に就いているようで、国臣からも信頼されている。

あれから話をする機会はなかったけれど、見かければ挨拶《あいさつ》をするくらいの仲にはなっていた。そんな彼が、珍しく周囲を気にしながら唯に近づいてくる。

「手短にお伝えいたします。城月家の親族の一部から、子どもを産めないオメガは不要との話が出ております」

「えっ」

「お静かに。私も伝えるべきか迷ったのですが、小耳に挟んでしまったので。唯様のプライバシーに関わる問題に踏み込んで申し訳ありません」

当然だが、次期当主の番として見なされている唯の異変は、城月の者には医者から伝えられている。

「でも、国臣さんは何も……」

「国臣様には、まだ知らされておりません。問題なのは唯様の妹君を改めて婚約者にと強く進言する者がいまして。近いうちに、親族会議になるかと」

高岡の言葉に、唯は青ざめた。漸《ようや》く城月の親戚《しんせき》にも味方が増えてきて、未だに薫子を連れ戻せと主張し続けている堂崎の親族の気持ちに影響があればいいと思っていた矢先なのに。

そんな堂崎の親戚《しんせき》と、高岡の言う城月の強行派が組めば、薫子を探し出し強引に国臣の番にするのは容易《たやす》いだろう。

唯が孕んでいれば話は別だが、現状では望めない。項を噛まれても痕が残らない唯は、第三者からすれば単なる厄介者でしかない。

「動きがありましたら、すぐにお伝えいたしますので毎日午後に温室へいらして頂けますか？」

「はい。ありがとうございます」

親切な高岡の申し出に、唯は頷く。

物静かな熊の獣人の目が、ぎらりと光ったことに唯は気がつかなかった。

日を追うごとに、唯は笑顔を見せなくなっていた。

八島からは、国臣が仕事をしている間、温室に籠もっていると教えられた。何をするでもなく、ぼんやりと花々を眺めているらしい。

メイド達がお茶に誘えば笑顔で出てきてくれるけれど、明らかに無理をしているのが分かるから見ていて辛いとまで言われてしまった。

何かしてやりたいが、唯が思い悩んでいる問題はすぐに解決できるものではない。

――誰が唯に話をしたのか、見当は付いているが……。

接触できる人物は限られている。更にオメガの娼館などという、枢機の中でもごく一部にしか知られていない暗部の話など知る者はまれだ。

――花松が保護している、彼だろうな。

しかし唯に約束したのだから、咎めるつもりはない。それに花松が緑を保護するまでに、色々あったと聞いている。

――何か事情があったはずだ。それに唯の言い分を考えれば、唯が知りたがったのだろう。

何はともあれ、周囲に恵まれ健やかに育った唯にとって、非人道的な内容に心が傷ついたことに変わりない。

「唯、起きているかい？」

珍しく会議が長引き、自室に戻ったのは深夜になってからだ。遅くなるときは先にベッドへ入っているようにと約束させていたけれど、唯はリビングで国臣の帰りを待っていた。

室内は暗く、パジャマ姿の唯はクッションを抱えソファの隅で丸くなっている。どうやら国臣が戻ったことに気づいていないらしく、虚《うつ》ろな眼差しで暗闇を見つめていた。

尋常でない様子の唯に、国臣は足早に近づく。

「唯？　熱が出たのか？　それとも……」

肩に触れると、唯がびくりと体を震わせ国臣に視線を向ける。そして絞り出すようなか細い声で、国臣に懇願する。

「何でもするから、傍に置いてください」

「どうしたんだい？」

「お願いします、国臣様。僕、子どもを産めるように頑張ります」

縋り付く指は可哀想《かわいそう》なほど震えている。

――一体どうして急に……？

あの日以来、花松と緑は屋敷に来ていない。だとすれば何か思い込みで、否定的な事を考えすぎているのだろうか。

なぜ急にそんな事を言い出したのか問いかけようしたが、元々の原因は自身の行動にあると思い至る。

あれこれと言い訳をしたが結局は唯を抱きたいが為に、ラウンジへ連れて行き恐ろしい思いをさせてしまった。そしてその傷は、未だに唯の心を苦しめている。

緑の話が切っ掛けになったにせよ、子作りのできない体になった唯が悩むのは当然だ。更には毎晩唯は国臣に抱かれ、項を噛まれている。

早朝、バスルームの鏡で項に痕が残っていないか、こっそり確認していることも知っていた。

あえて気づかない振りをしていたが、裏目に出てしまったようだ。

「唯は唯のままでいいんだよ」

「気遣いは止めてください。ずっと国臣様に甘えていた僕が悪いんです。どうか、城月の力を貸してください。僕に国臣様のお情けを……」

「止めるんだ、唯！」

つい感情的になり、唯らしくない言葉を強く押しとどめた。唯はびくりと肩を震わせ、その瞳には涙が浮かぶ。

「すまない。怯えさせるつもりは……」

「いいえ。僕がしつこくおねだりをしたから……もっと国臣様に悦んでもらえるような、お誘いの作法を勉強します」

こんな言葉を言わせたくはなかった。何か酷い思い違いをしているのだと伝えたいけれど、どう言えばいいのか国臣には分からない。

――唯が子作りに固執しているのは確かだ。しかし、どうすれば。

ふとテーブルを見れば、あれほど恥ずかしがっていた交尾の教科書に幾つも付箋が貼ってある。子種乞いの例文を必死に覚えたのだろうと、国臣は唯の健気な気持ちを察した。

本来なら、喜ぶべき事だ。

けれど今の状態で、唯の望みを聞いてやることは難しい。いや、唯に誘われたら自分は理性を保てはしないだろう。

いくら堂崎の嫡男でも、正常に発情していない体は不安定だ。子作りを前提にした、手加減のない交尾をすれば酷い目に遭わせてしまう。

――私は唯と愛し合いたい。

運命の番など、もうどうでも良かった。

愛しい相手を傷つけないために、国臣はできるだけ冷静に唯を諭す。

「――暫《しばら》くは、寝室を別にしよう」

唯の大きな瞳から、涙が溢れ、胸が掻《か》き毟《むし》られるように痛む。

しかし唯をこれ以上苦しめてはならないと、必死に感情を抑えた。

「国臣様。やっぱり僕じゃ駄目ですか？」

「違うよ唯。お互い冷静に考える時間が必要だと私は思うんだ。恥ずかしいことだが、君の体を思いやれなかった。自分が情けない」

ほぼ毎晩交尾をしているせいで、元々丈夫でない唯の体調が思わしくないのも事実だ。

「最近体調を崩しがちだろう？　無理をさせたくないんだ」

「……分かりました。国臣様がそう仰《おっしゃ》るなら、我慢します。けど、気が向いたらいつでも呼んでください。夜でなくても……その、構いませんから」

羞恥を堪えているのは一目瞭然《いちもくりょうぜん》だ。そこまでして城月の子が欲しくなった理由を問いたいけれど、国臣は堪える。

――薫子さんの件はもう問題ないと知っているはずだ。だとしたら、やはり唯も私ではなく『家』を選んだというのか？

様々な憶測が脳裏を駆け巡る。できることなら、唯には国臣自身を愛して欲しかった。けれど唯が『城月の名』だけを欲しているとしても、手放したくない。

「もう休もう。寝室は唯が使いなさい。私は執務室に戻るよ」

返事をしない唯を抱き上げて、ベッドへと運ぶ。何か言いたげな唯にあえて気づかぬふりをして、国臣は部屋を出た。

やはり自分が国臣の傍にいるのは許されないことなのだと、唯は改めて思う。

頭では分かっていたけれど、意識しないようにしていた結果がこれだ。

——作法どおりに誘ったのに、交尾してくれない。やっぱり今までは無理してたんだ。

まともに発情しないオメガなどに、魅力を感じなくて当然だろう。

国臣が部屋を出て行くのを確認してから、唯はベッドから抜け出しふらふらとクローゼットに歩み寄る。自分でもよく分からないまま、収納されている引き出しを開け国臣のシャツを手に取った。

綺麗に洗濯され畳まれていたそれを広げ、抱きしめる。洗剤の香りしかしないけれど、彼の服に触れていると不思議と安心する。

——僕、なにしてるんだろう?

頭の中がくらくらとして、思考がおぼつかない。悲しすぎておかしくなってしまったのかと思うけど、頭が考える事を放棄してしまう。

結局唯は、国臣のシャツを一枚だけ拝借しベッドに戻った。

そうして殆ど眠れないまま顔を出した朝食の席に、国臣の姿はなかった。仕事が立て込んでいるようだと八島が教えてくれたが、やはり昨夜の事が、決定打となってしまったに違いない。

――国臣さんに嫌われた。

それはとてつもない絶望感だった。

悲しすぎると、人は涙も零せないのだと唯は知る。

妹を守りたい気持ちに、変わりはない。けれどそれを上回る彼への恋心と、拒絶された現実に胸の奥が痛む。

唯は一人、ベッドで国臣のシャツを抱きしめて眠る日々が続いた。


数日後、日課となった温室の散歩に出ると、高岡が周囲を気にしながら近づいてきた。

「――城月家が、唯様の妹君を連れ戻すと決断いたしました。国臣様に決定権はありません。既に家同士の問題になっています」

とうとうその日が来たのかと、唯は唇を噛みしめる。連日、国臣が書斎に籠もって仕事をしていたのは知っている。恐らくは唯に気づかれないよう、誤魔化していたのだ。

「高岡さん、何とかできませんか？　僕はどうなっても構いません。せめて妹だけは、運命の番と添い遂げて欲しいんです」

高岡は困ったように眉間《みけん》に皺《しわ》を寄せて考え込んだ。城月に長年仕えているとはいっても、彼は特別な権力を持つ獣人ではない。

今だって、情報を伝えてくれるだけでも十分だと思い至る。

「すみません。無理を言って……」

「いいえ。唯様を気にかけている者は、私だけではありません。実のところ、城月の横暴に眉をひそめる獣人は多いのです。私はあなたと妹君を助けたい」

「ありがとうございます、高岡さん。でも僕と関わったら高岡さんにもご迷惑が……」

気持ちはありがたいけれど、関係のない高岡まで巻き込めない。しかし高岡は少し思案した後、何かを思いついた様子で一人頷く。

「一つだけ、手はあります。個人的に市井に知人がいますので、番の方と国外へ出る手引きはできます。ですが逃亡には資金が必要ですから、唯様が私の手がける店で働いて頂ければ、妹君とその番が逃げられるよう援助をしましょう」

国外まで逃げられれば、流石に城月も諦めるだろうと高岡が続ける。しかしそれにはまとまったお金が必要な事も唯にだって分かる。

「でも僕、学生の時にコンビニで少しバイトしただけで……会社で働いた経験がないんです」

「ご安心ください。唯様は高値が付きますから」

「高値って、どういう意味ですか？」

「失礼。簡単にご説明すると、堂崎の名を使うのです。知名度がありますから、すぐ上客がつきますよ」

口ぶりからすると、どうやら高岡が経営する店とは接客業のようだ。

「でも国臣さんが許してくれるかな」

「非常に申し上げにくいのですが、子をなしにくい唯様は数日のうちにご実家へ帰されるかと。城月の現当主は建前上、唯様を番にと言っていましたが、本心では子を望んでいます。妹君を連れ戻すと同時に、他の家から側女も数名呼び寄せるつもりでいますよ」

「……そうですか……」

覚悟していたのに、胸が潰れてしまいそうだ。それでも国臣本人から直接突きつけられるよりずっとマシだし、むしろ今まで置いてもらっていたことが、奇跡みたいなものだと自分に言い聞かせる。

「早急にご決断ください。私は城月の警護を務めているだけで、堂崎家の方と個人的な繋がりを持てるほどの力はありません」

確かに、堂崎家は高位のアルファとしか交流を持たない。この家から追い出されたら、唯と高岡との接点はなくなってしまう。

つまり実家に戻された時点で、唯は薫子のために何もしてやれなくなるのだ。

「分かりました。高岡さんのお店で、働かせてください」

「では早速、出る準備をしましょう。今日はご家族と執事が出払っております。逃げるなら今しかありません」

高岡に急かされ、唯は深く考えられないまま頷く。すると高岡が温室の扉に向かい、手招くような合図を送る。

すぐ数名の見知らぬ獣人が入ってきて、唯を取り囲んだ。

「ご安心ください。私の部下達です。城月の使用人に見つからぬよう護衛しますので、付いてきてください」

いつの間にか屋敷の図面が広げられ、男達が小声で確認を始める。嫌な胸騒ぎがしたけれど、高岡の言うとおり逃げるのならばチャンスは今しかない。

「唯様、こちらへ」

促されるまま、唯は温室裏から続く小道へと足を踏み込む。縋るように振り返り、屋敷の執務室を見たが、国臣がそこにいるのかどうかも分からない。

――さよなら、国臣さん。

あっけない別れに涙する間もなく、唯は屋敷の外に用意されていた車へと乗り込んだ。

「ここは……？」

車は住宅地を抜け、市井に近い市街地へと入った。

一見なんの変哲もないオフィスビルに車が横付けされ、高岡達に取り囲まれながら中へ進む。驚いた事に、簡素なのは入り口の受付だけで、その先の扉を抜けると高級ホテルのような空間が広がっていた。

特に目を引くのは、正面の舞台だ。その舞台袖《そで》に、唯は半ば引きずられるように連れて行かれる。

「今日からお前が働く場所だ」

「え？」

がらりと変わった高岡の口調に、唯は驚く。それまでの礼儀正しさなど欠片《かけら》もなく、雰囲気も粗暴だ。

「妹を守りたいんだろう？　だったら働いて金を稼げ。一時間後には、客が来る。それまでに着替えろ」

彼の部下が持ってきた純白のドレスを前にして、唯は困惑する。

「……どういう事ですか？……」

「見りゃ分かるだろ。お前は今日から、客の花嫁《はなよめ》になって交尾をするんだ。市井の安モンと違って堂崎の子息だからな、高級娼婦って看板で売り出してやる。そう悪い話じゃねえだろ」

高岡に騙《だま》されたと気づいた唯は、逃げようとして踵《きびす》を返す。しかしのっそりとした体躯《たいく》からは想像も付かない素早さで、すぐに捕まってしまう。

「獣人から逃げられるわけがないだろう。痛い目に遭いたくなけりゃ、さっさと着替えろ」

「殴りたければ殴ればいい！」

「こんな上物、傷つけるわけねえだろ。お前の代わりに緑を呼び出して、嬲《なぶ》ってもいいんだぞ」

「どうして緑君まで……彼は関係ない！」

「温室から外へ出る最短ルートの図面を作ったのはあいつだぜ。あれは市井の出だが、物わかりがいいんで重宝している」

全ては緑が来たときから仕組まれていたことだと知り、唯は愕然《がくぜん》とした。

――緑君が、高岡の仲間？　なにかの間違いに決まってる。

「さっさと着替えないと、お前が友達と思ってる緑がどうなるか分からねえぞ。それとも、手引きした緑に仕返ししてやりたいのか？　ココでもお前の方が、緑より立場は上だ。命令すりゃ若いのが、緑に輪姦でもなんでもしてくれるぞ」

卑劣な高岡を睨《にら》み付けるが、相手はにやつくばかりだ。

「着替えます。だから、緑君にはなにもしないで」

「素直なオメガは、客に喜ばれるぜ。稼いでくれりゃ、客のチップくらいはお前の取り分にしてやるよ。ああ、妹の逃亡資金は、チップで稼げよ」

最初から高岡は、助けてくれるつもりなどなかったのだ。

パーティションの陰で服を脱ぎ、安っぽいウエディングドレスに着替える。ご丁寧にヴェールやブーケまで用意されていて、唯は唇を噛む。

愛しい番に嫁ぐための衣装は、ここでは娼婦の制服扱いなのだ。高岡は徹底して、オメガの人権を弄《もてあそ》ぶつもりでいると唯にも分かる。

――もしかしてここが緑君の話してたオメガの娼館……。

それならば、高岡と緑が繋がっている事に説明が付く。そして同時に、唯はここで行われている非道な行いを思い出した。

「安いドレスだが、堂崎が着ると様になるな。上客がついたら、高いドレスを買ってもらえよ。そうすりゃもっと見栄えがして高値が付く」

値踏みするように唯を見る高岡の目は、唯を欲望の対象にするそれとは少し違っていた。

唯の疑問が顔に表れていたのか、高岡が薄く笑う。

「安心しろ。俺は確実に孕むオメガにしか興味はない。城月とあれだけ交尾しても、孕む兆候もない出来損ないは娼婦にして稼がせた方がよっぽど有益だ」

「あなたはオメガをなんだと思ってるんですか。そうやって、緑君や他のオメガにも酷い事をして来たんですね」

「酷い？　俺は優秀な子孫を残したいだけだ。けれど孕みやすいオメガは、金持ちに取られちまう。だから稼いで、裏のルートから有能なオメガを買いたいだけだ。オメガなんざ、獣人の子を孕む道具でしかないだろ」

名のある家に出入りできれば、離縁されたオメガをかすめ取ることもできる。だから城月に仕えていたと話す高岡に、唯は怒りで言葉も出ない。

「あの緑は市井出身で、お前の半額以下の価値しかなかったからな。枢機の役人が引き取ってくれて助かったよ。お陰で向こうの動向を探るのに丁度いい」

「やっぱり緑君を脅してたんですね」

「あいつが勝手にやったことだ。あの狐――花松とかってヤツに娼館での働きぶりを全部バラすって言ったら、喜んで情報を流すようになったよ」

どれだけ緑が葛藤したのか、考えただけで辛くなる。

非道なこの男に少しでも意趣返しをしたくて、唯はあることを思いつく。国臣から見捨てられる原因となった事だが、これは高岡にとっても誤算の筈だ。

「僕は孕みにくいんじゃない。孕めないんだ、そして誰の番にもなれない。そんな不完全なオメガだと分かったら、あなたの立場は悪くなる」

唯を目当てに来る客達は、孕ませたくて来るはずだ。しかしいくら噛んでも子ができず番にもなれないと分かれば、価値は下がり高岡の目論見《もくろみ》は外れることとなる。

「暴露したところで、商品の戯《ざ》れ言《ごと》を信じてもらえると思うか？」

「すぐには分からなくても、半年もすれば気づく客も出てきますよ」

「仮に本当だと知ったところで、孕まないなりに需要はある」

にやにやと笑いながら、高岡が煙草に火を点《つ》ける。

「既にお前には、あの城月が手を出したオメガという箔《はく》が付いてる。それと発情期でもないのに深く番える特異体質と聞いてるぞ。孕めないなら丁度いい。客は皆お前を番にしたがっているが、孕むことが前提だからな。少しの可能性でもあれば、しつこく交尾を繰り返すだけだ。こっちとしちゃ、常連が増えて万々歳って訳さ」

「っ……」

「お前は精々、その淫乱な体で俺の番を買う資金を稼いでくれよ」

「オメガを買うのは、犯罪ですよ。番は愛し合える、尊重できる相手を選ぶべきです」

「馬鹿馬鹿しい。オメガの幸せは獣人の子を孕むことだろう。それができなければ、性欲処理の道具として大人しく従え」

嘲笑《あざわら》う高岡に、唯は俯《うつむ》く。

結局自分はただ高岡に騙されただけで、妹を助けることもできないのだと思い知る。助けを求めようにも、城月家はわざわざ唯を探そうとはしないだろう。

両親が訴え出れば何か動きはあるかもしれないが、それまでの間に自分はどうなっているか分からない。万が一、項に噛み痕を付けられることがあれば、唯の意思など関係なく番にされてしまう。

「もう客が集まり始めたようだな。少し早いが、始めるか。今日は初日だから、オークションで形式で盛り上げてやる。可愛らしく媚びて、高値で競り落としてもらえよ」

舞台袖からはよく見えないが、客席からはざわめきが聞こえてくる。かなりの人数がいると分かり、唯は両手で自分を抱きしめた。

――一度は国臣さんの婚約者になったんだから、泣いたりしない。

自分が醜態を晒せば、それは城月への評判にも関わる。

「客はお前の登場を待ってるぞ。早く犯したくてたまらないって様子だ。余興でお触り程度なら許可してある。たっぷり可愛がってもらえ」

高岡に背中を押され、唯はよろめきながら舞台へと出た。慣れないヒールでどうにか中央まで辿《たど》り着くと、スポットライトが唯を照らした。

すると同時に、正面から不快極まりない歓声が沸き起こる。

――嫌、怖いよ……助けて……。国臣さん。

強い光に視界が慣れてくると、客席に座る大勢の獣人が暗がりの中に浮かび上がってくる。ラウンジで自分に向けられた視線とは比べものにならない、下卑たそれに全身が嫌悪で震えた。

「ひっ」

喉奥から悲鳴と吐き気がこみ上げる。気絶だけはするまいと、唯は懸命に意識を保つ。

下品な視線に晒された唯は、朦朧とする意識の中でここにいるはずのない愛しい番の姿を見つけた、気がした。

純白のドレスを身に纏った唯が、無粋な視線に晒されている様を目《ま》の当たりにし、全身の血が怒りで一気に沸騰した。

「唯！」

「……国臣さん？」

愛しい番が涙交じりに、自分を呼ぶ。慌てふためく客達を文字通り蹴散らしながら、国臣は舞台の上で晒し者にされている唯に駆け寄った。

安物のウエディングドレスを纏い、立ち竦む唯の顔色は青く今にも気絶しそうだ。辱めを受けてもなお、唯は恐怖を必死に堪えていたと分かる。伸ばされた手を取った瞬間、唯は安堵したように小さく息を吐きその場に崩れ落ちた。

「私の番によくも――」

言葉は途中から、狼の咆哮《ほうこう》へと変わった。

左腕で唯を抱きかかえたまま、国臣は恐怖で竦み上がっている獣人達を手当たり次第に殴り飛ばす。

獣人の中でも狼族、特に城月家は本性が強く血が濃い。血の濃さで地位が決まり、重要な役職であればあるほど、本性は獣に近くなる。

そしてそれは、獣としての能力にも反映される。

怯えた客の一人が椅子を投げつけるが、その程度で国臣は止まらない。逆に怒りを露にして、鋭い牙を剝く。

「落ち着け、国臣！」

遠くで友人が叫んでいたが、声は聞こえているのに意味がよく理解できない。

――唯……ゆい……。

何度も番を呼ぶが、喉から出るのは唸り声ばかりだ。次第に国臣の心は、獣の本性に侵食されていく。

自分が何をしているのかも分からず、触れたものは人でも物でも構わず蹂躙《じゅうりん》した。悲鳴がそこかしこで上がるが、気にもならない。

大切な番を二度と奪われないためには、この非道な者達を徹底して破壊するしかないのだ。

「……くにおみ、さん」

幼子が寝起きにむずかるみたいな小さな音だったが、国臣の耳は番の声を聞き取った。一瞬にして破壊を止め、右手に摑んでいた何かを床へと放る。

「国臣さん」

血の気がなく、白に近い唇で名を紡ぐ唯を見つめれば、淡い茶色の瞳が国臣を映す。

「助けに来てくれたんですね……嬉しい」

「唯っ」

喉から唸り声が消え、怒りに染まっていた意識が次第に冷めていく。

「落ち着いたか？　国臣。俺が誰だか分かるか？　フルネームで言ってみろ」

背後から肩を叩《たた》かれ振り返ると、眉間に皺を寄せた花松が国臣を睨み付けていた。

「花松健司郎《けんじろう》だろう？　どうした、顔が真っ青だぞ」

「君は完全に、意識が狼になってたんだよ。唯君がいなかったら、全員死んでたところだ。下を見てみろ」

言われて視線を落とすと、足下には俯《うつぶ》せになったまま呻《うめ》く高岡の姿があった。

殆ど意識はないらしく、体はぴくりとも動かない。

「遅くなって済まなかった。緑の告白がなければ、もっと酷い事になっていただろう」

「そうだ、緑君は無事ですか？」

「城月の屋敷で待っているよ。私からも、彼のしたことを謝罪させて欲しい」

正直、国臣からすれば緑のしたことはとても許せる事ではなかった。しかし唯は花松に微笑みかける。

「無事なら良かった。花松さん、国臣さんも緑君を責めないって約束してください」

「しかし、唯」

「お願いします」

まだ青白い顔で他人の事を案じる唯に、国臣は頷くしかなかった。

「まずは、ここにいる連中の逮捕だ。ラウンジはまだギリギリ合法だが、こっちは完全に違法の娼館だ。地位は関係ない。全員現行犯逮捕しろ」

花松が指示を出すと、制服姿の獣人が手際よく客と従業員を集めてどこかへと連れて行く。

「あの、花松さんのお仕事って。警察官ですか？」

そういえば、彼が何の仕事をしているのか聞いたことがなかった。メイド達は国臣の遊び相手としか話していなかったので、失礼だが『怪しい店に顔が利く遊び人』という認識だった。

「市井だと警察になるのかな。枢機は少し違っていて、警察と弁護士を合わせたような業務内容になってる。個人的にオメガの保護団体も主宰しているから、唯君からしたらややこしいよね」

「えっと。沢山お仕事をしているのは、分かりました」

「君は本当に素直な子だな。国臣には勿体《もったい》ないよ」

「どうしてそういう物の言い方をするんだ」

国臣が睨んでも、花松はどこ吹く風だ。

ふと手に温《ぬく》もりを感じて視線を向ければ、不安げな唯と目が合う。血だらけの手をさする唯の手を摑み、慌てて引き離そうとする。

「これは私の血ではないよ……怪我《けが》はしていないから離しなさい、唯が汚れてしまう」

獣の本性のままに荒れ狂った結果、国臣は客や従業員達を負傷させてしまっていた。立場上、咎められはしないが唯の前で暴力を振るったことに変わりない。

オメガは特に暴力を嫌う傾向がある。市井育ちの唯だが、目の前で見てしまえばトラウマになっても仕方ない。

しかし唯は自分から国臣にしがみついた。

「僕も一緒に汚れます。知らないことも、怖いことも全部。国臣さんと同じでいたいんです」

その言葉が、唯が生涯をかける決意表明だと国臣にも伝わった。

「私が恐ろしくないのか？」

「ちょっとだけ。でも……僕を守ってくれたんでしょう」

改めて血で汚れた手を取り、ヴェールで拭ってくれる。

「国臣さんに、怪我がなくてよかった」

心からほっとした様子の唯に、愛しさがこみ上げる。国臣は唯を強く抱きしめ、青ざめた唇に口づけた。


後始末は花松の部下に任せ、三人は城月の屋敷へ戻った。

すぐに唯は八島達の手でドレスを脱がされ湯浴みをし、バスローブ姿で客間に入る。

本当は服が用意してあったのだけれど、緑に早く会いたくて、はしたないと思いつつバスローブで駆けつけたのだ。

客間で待っていた緑が、唯に気づくと椅子から立ち上がり深く頭を下げた。

「申し訳ありませんでした、唯様」

「あのね、緑君。僕は……」

「ぬくぬく暮らしているオメガが憎かったんです。ですが考えを改めました。花松様にもご迷惑をおかけして、申し訳ございません」

わざと聞く者の心を逆なでするような謝罪の言葉に、唯は違和感を覚える。

「ねえ、緑君も脅されてたんだよね。緑君は悪くないよ」

「俺の事はどうでもいい――城月様、俺はどのような処罰も受けます。市井へ追放でも、申し立てはいたしません」

「どうでもよくない！　僕の話を聞いてよ！」

大人しい唯が初めて怒鳴る様を見て、緑も黙る。ソファに座る国臣と花松も、唯の剣幕に押されたのかただ状況を見守っていた。

「どうして、僕を助けたの？　本当の事を話してほしいんだ」

「あいつバラしたのか。まあいいさ、こんな俺に関わらない方がいいって、分かっただろう。娼館出身で、未だにいかがわしいラウンジにも出入りするオメガが傍にいたら、堂崎家の名に傷がつくよ」

どこかなげやりな様子の緑に、唯は表情を曇らせた。

「――もうほんとに、どうでもいいか。こうなったら全部話そう。君を助けたのは……君が『俺の姓を聞かなかったから』だ。僕と普通に話をしてくれたオメガは君だけだったよ」

市井出身のオメガは、枢機に来た時点で姓を剥奪される。

それは枢機育ちのオメガと区別するための政策だ。結果として、枢機のオメガは市井出身とは一線を引く。

「姓はないと言った時点で、あいつらは俺達を対等とは見なさない。陰口も日常茶飯事だ」

特に花松に引き取られてからは、どうしても枢機のオメガと会うことが多くなり陰湿ないじめを受けたと続ける。

「『番でもないのにどうして花松様といるんだ。立場を弁《わきま》えろ』――これが枢機のオメガの正当な排除の言い分だ。君が長く市井で生活してたと、さっき聞いた。でももっと早く知ってたとしても『堂崎』だからと偏見を持っていただろうね」

「緑君……」

「これじゃ俺も、俺を馬鹿にした枢機のオメガと同じだ」

自虐的な言葉で自身を追い詰める緑が痛々しい。

「高岡からは、何度も接触があったよ。最終的な脅し文句は、『今は花松の預かりだが、いずれは番としてどこかへ嫁がされる。その際、俺が裏でブローカーと手引きして嫁ぐと見せかけて娼館に売る事もできる。嫌なら唯の誘拐に協力しろ』……馬鹿馬鹿しいと思うだろう？だけど、俺にとっては恐怖でしかなかった。これも言い訳でしかないよ……城月様、こんな戯れ言は気にせず、相応の罰を……」

「高岡は捕まったんだし、緑君が脅されてた事も僕が高岡から聞いてるから証言できる。だから罰なんて言わないでよ」

「君を高岡に売った時点で、俺の居場所はなくなった。だからもういいんだよ」

諦めきった様子で、緑が続けた。

「ブローカーに居場所を知られてるんだ。高岡が捕まっても、元締めからは逃げられない。花松さんに、これ以上迷惑はかけられないしね。市井への追放か、枢機が把握していない娼館に連れ戻されるかのどちらかなんだよ」

どちらにしろ、高岡の仲間が何をするか分からないし、市井出身で番も持たないオメガが訴え出たところで信用されないのだと緑は言う。

「唯様に甘えて、花松さんと城月様に守ってもらおうだなんて、都合のいいことは考えていません。唯様にも二度と接触しないと誓いますから、ご安心ください」

「待ってくれ」

それまで黙って聞いていた花松が椅子から立ち上がり、緑に近づく。

「俺は職務としてではなく、俺自身の感情で緑を守りたい。俺の本職は、城月直属のオメガに関連した部門の統括だ」

「警察じゃないの？」

先程聞いた話と少しばかり違う気がして、唯は国臣を見る。

「市井と枢機では、法整備の形が違っていてね。犯罪の少ない枢機では、ほぼ一つに纏められているんだよ。花松はその中の、オメガ部門のトップで……私はそうだね。政財界の纏め役と言ったところかな」

城月が特別だとされる理由が分かった気がする。

唯もそうだが、緑も花松がその部門の『トップ』とされる地位にあるとは知らなかったようで、ただぽかんとしている。

そんな中、唯が少しだけ先に我に返ることができた。

「国臣さん、花松さん。僕の家、オメガの避難場所として使えないかな。堂崎家が動けば、文句を言われることもないよね。まずは緑君を匿《かくま》って、賛同してくれる人が増えたら市井のオメガを預かる場所にするのはどうかな」

ブローカーに対してはもとより、枢機のオメガ達から緑を守る後ろ盾として堂崎が名乗りを上げれば表だって反対はされないだろう。

「確かに、堂崎家は上位の獣人と同等の発言力がある。協力してもらえるなら心強いよ」

そう花松に言われて、唯はまだ呆《ほう》けている緑の手を握る。

「じゃあ決まり。父さんと母さんも、きっと賛成してくれるから大丈夫だよ」

唯が市井での生活を色々と話したお陰で、実の両親は市井に関心がある。市井出身のオメガが枢機で困っていると知れば、協力してくれるはずだ。

「緑、不安にさせてすまなかった。もっと話をしていれば、辛い思いをさせずにすんだのに」

「止めてください花松さん。俺は保護してもらっただけで、十分ありがたいと思ってるんです。もう、一生分の幸せをもらいましたから、僕の事はこれ以上――」

「愛する人を利用なんてするものか。――緑、どうか俺の番になってくれ」

「……花松さん……？」

陶器のように白い頬が見る間に赤く染まっていく。唯はさりげなく二人から離れると、国臣の傍に腰を下ろした。

「そうか、花松が番にしたいと話していたのは、緑君だったのか」

「国臣さん、気がつかなかったんですか？」

「私はどうにも、恋愛には疎いんだ」

「僕も学校での恋バナは苦手でしたけど、すぐに分かりましたよ」

泣きながら花松の告白を受け入れる緑を見つめながら、唯は国臣の耳に顔を寄せてこそりと囁《ささや》いた。

これからの詳しい対策は、また後日という事になった。

とりあえず緑は、ブローカーの動向が判明するまでの間、花松の家から出ないという事で話が纏まる。その後は花松が仕事に専念できるよう、ブローカーが逮捕されるまでの間、一時的に堂崎家に身を寄せる計画だ。

唯が国臣からスマートフォンを借りて実家に電話をすると、嫁いだ唯から連絡があるなど夢にも思っていなかった両親は、急な話にもかかわらず二つ返事で了承してくれた。

帰り際、唯は名残惜《なごりお》しげに緑の手を握り、落ち着いたら遊ぼうと約束を交わす。

「君は本当に、変わっているな。俺なんかを傍に置いていいのか？」

「僕は緑君と、もっと話がしたいよ。市井の事とか、ほら週刊誌で連載してたマンガの続きとか気にならない？」

「……なる。あと、あのアイドルの新曲……持ってるか？」

「あるよ！」

枢機に入ってしまうと、市井の娯楽品は滅多に手に入らない。緑も年相応に気になるのか、唯の誘いに応じてくれる。

「それとね……僕は国臣さんと番になれないから、緑君は僕の分まで幸せになってね」

「――何を言ってるんだ？　君もそろそろ、次の発情期だろう」

怪訝《けげん》そうな緑に、唯の方が驚いてしまう。まだ唯の体調異常は続いており、治ったとしても正しく発情できるかどうかは分からないのだ。

すると急に、緑が唯の首筋に顔を寄せる。

「緑君？　なにしてるの」

「前に話しただろう。市井の出だけれど、同じオメガに対してはアルファ以上に鼻が利くんだ。この能力で、結構重宝された」

確か発情しかけている香りが分かるのだと、緑が言っていたのを思い出す。

「早ければ数時間後に来る。次の発情は、かなり強いぞ。子作りの交尾になる」

大真面目に告げられ、唯は耳まで赤くなった。

――ことは、あと少しで国臣さんと子作りできるの……？

「緑、帰るぞ」

「はい。じゃあまた」

仲睦《なかむつ》まじく手を繋いで客間を出て行く二人を見送ると、いきなり国臣が唯を抱き上げた。

唯が慌てているうちに寝室へと運ばれ、ベッドに下ろされる。数日前、彼にしてしまった恥ずかしい行為を今更ながら後悔するが、国臣は責めるわけでもなく静かに唯を見つめている。

「君がなぜ、急に子作りをせがんだのか大体の理由は分かった。だが、あの時私は、唯が私自身ではなく『城月の名』を欲したと勘違いしてしまった」

大きな手のひらが慈しむように唯の頬を撫でる。

「それでも私は、君を手放したくないと思った。唯、正式に私の番になって欲しい」

「僕は運命の番じゃないけれど、いいんですか？」

「私は唯を愛している。唯だから、番になりたいと思ったんだよ」

緑の双眸《そうぼう》が、唯だけを映している。

「たとえこの先、運命の番が見つかったとしても、私の番は唯だけだ」

そんなことは、本能としては不可能だ。けれど、それだけの決断をしてくれたことに、唯の胸はいっぱいになる。

「僕も国臣さんを愛してます。でも僕はオメガなのに、オメガとしての自覚って言うか、実感が未だにぼんやりしてるんです――」

一度は発情したし、国臣に噛まれもした。なのにオメガだという感覚が曖昧なままなのだ。

「国臣さんのこと、素敵な人だなって思ってます。でも立派なアルファだから好きだとか、それだけの気持ちじゃなくて。えっと……難しいな」

一方的で着地点のない話を、国臣は急かすことなく黙って聞いてくれる。その眼差しはどこまでも優しい。

「あの、ええと」

「ゆっくりで構わない、君の言葉で伝えて」

「アルファとしての強さに惹かれた訳じゃないんです。けれどきっと、僕が自覚してないだけでオメガの本能もあるから……好きって言う気持ちも、本能も全部本当なんです」

深呼吸をして、唯は自分の気持ちを国臣に伝えた。

「だから、沢山の気持ちで国臣さん。あなたを愛してます。僕を番にしてください」

「君の考え方は素敵だ。本能と知性。愛を形成する要素は多い方がきっと幸せだからね」

「ありがとうございます」

気持ちが伝わるというのが、こんなにも幸せなことだと唯は初めて知った。もしも自分が運命の番だったら、もっと幸せな気持ちになれるのかもしれない。

――ううん。これ以上望んだら駄目だ。

ない物ねだりをして幸せを高望みしたって意味はない。

「ああ、そうだ。唯は私と初めて会ったとき、怖いとは思わなかったのかな？」

「少しは怖かったけど、平気でした。どうしてそんなことを聞くんですか？」

「城月の血は、獣人の中でも特に濃い。私を見ただけで、竦んでしまうオメガもいるほどなんだよ」

「僕は堂崎だから、大丈夫なんじゃないですか？」

緑からも散々『堂崎は特別』と言われていたので、深く考えたことはなかった。

「確かに堂崎は、枢機で暮らすオメガの家系の中でも屈指の良い血筋だ。けれど全く動じないという事はない。これは本能だからね。特に唯は、体が弱いだろう？　その点に鑑みても、怯えて当然なんだよ」

けれど唯には、その理屈がいまいち納得できない。

国臣が強いアルファなのは事実だ。堂崎の血筋が相殺する部分があるとしても、基本的に体の弱い唯が本能的な恐怖を抱いてもおかしくない。それなのに、国臣の傍が一番安心する。

「強がってる訳じゃなくて、本当に怖くないいんです。交尾してもらってたせいか、最近は国臣さんの傍にいないと落ち着かなくて。なんだか寂しいし……どうしてでしょう？」

「私も同じだよ。自分から言い出して寝室を分けたのに、唯がいないと落ち着かないんだ」

首を傾げ見つめ合う。互いに何か根本的なところでボタンの掛け違いをしているようだと分かっているのに、その解決策が分からない。

「そもそも発情しても、オメガとして弱い唯は、私を受け入れる事が難しいはず、なんだ。……唯はいつ、養子に出されたか覚えているかい？」

「えっと、確か三歳です。十六年くらい前になるのかな？　僕は覚えてないんですけど、偉い方のお屋敷のお茶会に出て。その翌月の検診でオメガとして生きられないって、診断されたそうです」

お茶会はオメガとアルファの出会いの場でもある。相性が良ければ発情してないオメガでも、アルファは敏感に香りを嗅ぎ取りその場で婚約を申し込む。

「フェロモンの分泌異常って説明されて……堂崎で偶に生まれる、変わった香りを持つオメガは病弱になりやすいって、母さんが言ってました」

十五歳の誕生日に発情したので枢機に戻されたけど、虚弱な唯は正常な発情を定期的に迎えられず今に至る。

両親が案じたように、発情自体も弱く不安定だ。これでは堂崎といえど、子はなせない。そんなオメガとして不憫《ふびん》な唯を、両親は生涯不自由なく自宅で生活できるように考えてくれていた。

「十六年前か。確かその年は、城月が主催で茶会を催したはずだ。唯、その変わった香りというのはどういうものか、教えてくれないか？」

「でも僕の香り、すごく子どもっぽくて変だから……言いたくないです」

堂崎家に生まれるオメガの発情香は、代々花の香りと決まっている。そして直系に近づくほど、発情香は初期から中期、そして受精可能な時期と、段階を踏んで香りが変化する。

薫子も変化するけど、自分のような変わり方は珍しいらしい。

「……笑わないって、約束してくれますか」

「笑ったりしないよ」

「最初は金木犀で……途中、蜂蜜から、その……ミルクに変わるんです」

子どもみたいで恥ずかしいと、唯は告白してから両手で顔を覆う。

しかし高らかな笑い声が聞こえ、堪えきれず唯は声を張り上げた。

「笑わないって約束したのに！」

「すまない、嬉しくて……私がずっと、ずっと探していたのは君だ、唯」

抱き寄せられ、バスローブを胸元まではだけさせると、国臣が唯の項を噛んだ。

「ひゃう、んっ」

首筋の産毛が逆立ち、背骨から熱い何かが全身に広がる。

香りが濃くなり、発情香が金木犀から蜂蜜に変化していく。

「噛み痕が消えない。やはり君が運命の番だよ、唯」

「僕が国臣さんの……運命……」

どういうわけか、ずっと以前から知っていたことのように自然に、『運命の番』だから、国臣は怖くなかったし受け入れる事ができたのだと分かる。

もう一度強く噛まれると、全身が甘く疼き発情香はミルクに変化する。

「発情、してる？　本当に？」

それでもまだ、自分の体が信じられず不安げに国臣に問うてしまう。

「君は不完全なオメガではないよ。その証拠に、ほら」

枕の下に隠していたシャツを引っ張り出され、唯は慌てた。

「八島が『巣作りをしている』と教えてくれたんだ。立派な番の証だよ」

「ごめんなさいっ、寂しくてつい……って、巣作り？」

「発情期が近づくと、オメガは番の持ち物を集める習性があるんだよ」

そういえば教科書に書いてあった気もするけれど、交尾の方法にばかり気を取られていたので、その項目に関しては殆ど読んでいなかった。

自分がちゃんとオメガらしい行動を取っていたと分かり、ほっとすると、次の瞬間に腰骨がぞわりと疼く。

――体……変な感じ……。これが、発情なんだ。

頭の中もぼうっとして、唯はもじもじと腰を揺らめかせる。

「子ども……できちゃうかも」

「私はそのつもりだよ。唯を孕ませたい」

大きな手のひらが唯の下腹部を優しく撫でた。

「ココに私の子種を注ぐよ、唯」

こくりと頷き、唯は自分から国臣に体をもたせかけた。

「国臣さん、僕に赤ちゃんの種をください」

自然に求める言葉が、口をつく。すると国臣が唯の体をベッドに倒し、覆い被《かぶ》さってきた。

スラックスの上からでも分かるほど張り詰めた彼の性器を見て、恥じらう気持ちと早く欲しいという欲望が唯の中でせめぎ合う。

国臣は一旦体を離し、服を脱ぎ捨てる。逞しい体軀を前に、唯は言葉もなく見入ってしまう。

これから種付けをされるのだと、本能が囁きかける。

「力を抜いて」

「あ、あっ……え、国臣さん？」

広げられた両足の間に国臣が体を入れ、後孔に性器を押し当てた。

既に唯の秘所は愛液で濡れそぼっており、受け入れる準備が整っているのは一目瞭然だ。

「あ、あのね」

「怖いかい？」

ううん、と唯は首を横に振る。怖いどころか、これから繋がる悦びが待ち遠しい。

「おく、入れる前に……優しく……とんっ、て……されるのすき」

「いい子だ。感じる場所を番に伝えることは、とても大切だからね」

「あ、きゃうっ」

硬い切っ先が、唯の秘めた場所を貫く。痛みはなく、じんとした甘い痺れに唯は甘く鳴いた。

国臣が性器を僅かに引き抜き、奥をトンと小突く。淫らな悦びが全身に広がり、唯は甘えるように腰を揺らした。

すると何度も奥を刺激され、リズムを変えて突き上げられる。

「あ、ぁっ、すきっ。くにおみさん、もっと……ッ」

甘イキしながら、はしたなく快楽をねだる自分が恥ずかしい。

「奥が孕む準備をしているね」

「んっ、それ……すきなの……ひぅ」

じんと疼く奥から、中程の性感をいじめるためにカリの位置が変わる。張り出したそれに内壁を擦られ、唯は背を反らした。

「あ、ぁ」

「一番気持ちよくなった状態で深く番うのが、体への負担が少ないんだよ」

どこもかしこも、性感に変えられていく。

自己主張する乳首や敏感な脇腹を撫でられるだけで、おかしくなってしまいそうな快感が駆け抜ける。

「……こんなに感じたら、ほんとうに壊れちゃう」

「壊れないよ。唯はきちんと発情しているし、それに私の運命の番だ」

狭まった内壁を抉《えぐ》るように、国臣は力強くぐいと腰を進ませた。

「あぅ」

小突かれて感じ入っていた場所の、更に奥へ先端が到達する。初めて知る快楽の場所に、唯は少しだけ怖くなった。

「子を作る場所に届いたのが分かるかい？」

「うん……これ、すごい。奥まで来てる……」

今までとは全く違う快感に、戸惑っていると入り口の付近で異変が始まる。

「……っ、なかで膨らんでる……？」

「城月家は狼の血が特に濃い家系だからね。獣人との交わりに関して、勉強をしただろう？」

頷きながら、唯は教科書に書かれていた一節を思い出していた。それは狼の血が濃い獣人特有の、性器の変化だ。

「じゃあ、亀頭球って本当にあるの？」

答える代わりに、国臣が腰を摑む。

狼の獣人の中には亀頭球を持つ者がいる。オメガが強く発情すると本能が刺激され、獣のような交尾になると書かれていた。

——だとしたら、僕と国臣さん、繋がったままずっと……。

長い射精と、深い快楽が待ち受けている。

優秀なオメガにだけ与えられる甘美な特権だと、教科書には載っていた。

「これだけ深く番えるのは、唯が私の運命だからだよ」

「あ、ぅ」

深く雄が挿《はい》ってきて、入り口が膨れた亀頭球で封じられる。これで精液が漏れ出すことはない。

下腹部の疼きは期待で激しく増していくばかりで、唯は国臣の背に腕を回す。

「くにおみ、さん……ぎゅって、して」

「愛してるよ、唯」

囁きだけでも、軽く達してしまう。

固定されると、程なく射精が始まった。これまでとは全く違う、獣の射精だった。熱く重たい飛沫《しぶき》が、内壁に当たる感覚が分かってしまう。

「あたるのっ、奥に熱いの……きてるっ」

精液が奥に当たり、勢いも衰える気配がない。

――すごい、いっぱい出てる。

入り口が固定されているせいで内壁を擦る快楽はないけれど、国臣は腰を回したり揺すったりして唯の絶頂を持続させる。

「い、くっ。ずっと、い……てるの……きもち、い」

「まだ途中だからね」

「え？」

軽く口づけを交わしながら、国臣が優しく微笑む。

「唯の中が、もっと奥に子種を欲しがっているね。分かるだろう？」

「あ、あ。やらしくなる。だめっいわないでっ……くにおみ、さん」

びくびくと、体が反応してしまう。

「どうしてほしい、唯？」

「っん……ぁあ、くにおみさんの……こだね、もっとください……」

「偉いね」

お腹《なか》の深い場所が、きゅんきゅんと疼き、これ以上はないと思っていた快感が押し寄せてくる。

「私にだけ、やらしい唯を見せて」

「だめ、ダメッ……っ」

顔を隠すけれど、国臣に手首を摑まれシーツに押さえつけられてしまう。視線を合わせた状態で唯は喘ぎ、はしたなく上り詰める。

——いってるの、みられてる。

恥じらいで高揚した体内から、不思議な感覚がこみ上げてくる。それが受精可能になった事を伝える発情香だと気づいた唯は、頰を染めて国臣を見つめた。

「ミルクの香りが一段と強くなったね。唯の体も、子作りの準備が整ったようだ」

狼の獣人の血が濃い国臣は、すぐ唯の変化に気づいたようだ。

中で国臣の性器が膨れ、射精が止まった。

今までのは準備だったのだと、唯は気がつく。

これ以上は無理だという場所まで先端が入り込み、入り口だけではなく雄オメガだけが持つ子作りの部屋まで侵入し、こぶで固定する。

「あっ」

これから何が起こるのか、唯は分かってしまう。

――これ、赤ちゃんできちゃう……。

確実に孕ませる準備が整ってしまったのだ。大切な二つの入り口を塞がれ、この状態で射精されれば精液が零れることはない。

そう意識すると、全身が甘く蕩けたような錯覚に陥る。

国臣が押さえていた手を離して、唯を抱きしめた。

「私の全てを受け止めて――」

熱くて重たい大量の精液が、奥の部屋に直接注がれていく。

腰と背筋を快感が駆け抜け、唯は我を忘れて国臣の性器を締め付ける。

「あかちゃんつくりながら、いっちゃうっ――あ、ぁっ」

縋り付く唯を、国臣がしっかりと抱きしめる。

「国臣さん、僕……幸せ、です」

「私も幸せだよ。唯。愛しい私の番」

愛の言葉を交わしながら、唯は絶頂を繰り返す。

幸せな交尾を繰り返す二人は、時を忘れて互いを貪り続けた。


「国臣さん、どうして僕が『運命の番』って分かったんですか？」

甘い交尾の後、国臣の腕に抱かれ微睡《まどろ》んでいた唯はふと疑問を口にする。

「あの頃って発情もしてないし。病院の検査でも、ベータかオメガかの診断もついてなかったんですよ」

国臣が嗅いだと教えてくれた発情香は、単純計算で唯が三歳の時に発していた事になる。しかし医学的に考えて、幼児が発情香を放つなどあり得ない。

「これは狼族――とくに城月特有と言うべきだろうけど。私を含めた直系の者は、嗅覚《きゅうかく》が優れているんだ。言葉で表すのは難しいが、近い説明をするなら……『相手の本質を嗅ぎ分けられる』というのが分かりやすいかな」

所謂、基本的な嗅覚と動物的直感が混ざったようなものが生まれつき具《そな》わっていると、国臣は続ける。

「すごいですね！　超能力みたい」

正直よく分からなかったけれど、特別だというのは理解した。

「えっとじゃあ、今の僕の香りとか分かるんですか？　番になったら、大人っぽい香りに変わるかもしれないって、母さんに言われてたんです。って、交尾が終わったら香りも消えてるか」

「いいや。唯からはまだ、濃いミルクの香りがしているよ。とても甘くて、アルファを誘う良い香りだ」

「……濃い、ミルク……」

期待してたものとは真逆の答えに、唯はため息をつく。

「緑君みたいにシャンパンとはいかなくても、もうちょっと大人っぽいのが良かったんだけどな」

「私は好きだよ。それにこの香りを知っているのは私だけなのだから、気にすることはないだろう」

嬉しそうに笑う国臣に、唯もつられて微笑む。運命の番が喜んでくれているのだから、香りなんて気にする事ではない。

そう思ったのだけれど、続いた国臣の言葉に唯は頬を膨らませた。

「喉が渇いただろう。安らげるようにホットミルクを用意しよう」

「国臣さん、わざと言ってる？」

唇を尖《とが》らせて抗議すると、触れるだけの口づけが落とされる。

「君があまりにも愛らしくて、つい」

「国臣さんの意地悪」

そう言いながらも、唯は笑って口づけを返す。寝室には自分でも分かるほど、ミルクの香りが再び漂い始める。

「ミルク……飲んだら。交尾しましょうね」

「ああ、何度でもしよう」

蕩けそうな視線を交わしながら、唯は国臣に体をすり寄せる。

幸せな日々は、始まったばかりだ。

番たちの日々は幸せ色

市井《しせい》から枢機《すうき》に引き取られたオメガを売買していたブローカー組織が摘発されてから、一年程が過ぎた。

当初、捜査は難航した。しかし国臣《くにおみ》が新たに市井出身のオメガ保護を積極的に行う事と、違法行為への罰則を厳しく定めたので、組織は自ら廃業を決めたらしい。それに伴い、資金調達が難しくなった元締めも追い詰められ、花松《はなまつ》の尽力もあって幹部は全員逮捕された。

その裏で、緑《みどり》達のように保護された被害者の証言が組織壊滅の重要な役割を担ったことは、公にされることはなかった。

「――緑君達が協力したことは、話しちゃ駄目なんですか？」

久しぶりの休日。国臣と共に午後のお茶を飲んでいた唯《ゆい》は、少し不満げに問いかける。

「市井でも一部のメディアに出てしまったからね。身元が分かると、色々と不都合が出るオメガもいるから、公表できないんだよ」

申し訳なさそうに答える国臣の膝《ひざ》の上には、二人の息子《むすこ》である政臣《まさおみ》が大人《おとな》しく座っている。

最近やっと離乳したばかりなので、その面立《おもだ》ちは貫禄《かんろく》も何もなく人間の幼児と変わりない。獣人の特徴である耳と尾もまだ小さく、茶色のふわふわとした毛に覆われており、とても可愛《かわい》らしい。

生まれてすぐの頃は『壊してしまいそうだ』と、国臣は政臣を抱くことさえ躊躇《ちゅうちょ》していた。

それでも唯と八島《やしま》から『父親なんですから大丈夫。頑張りましょう』と励まされ、少しずつ触れ合うようになり、今ではすっかり子煩悩になっている。

「ただ今回の件で、市井出身のオメガに対する考え方が変わったのも事実だよ。まさか売買をする組織体系が存在していたなんて、殆《ほとん》どのアルファは知らなかったからね」

「枢機のオメガの人達も、今回の事で色々と考える機会になって良かったって。実家の両親が電話で言ってました」

「すぐには難しいが、市井出身のオメガが暮らしやすいように、これからも法整備をしていくよ」

大なり小なり、枢機に住まう者達はこれまで無意識に『異質な者』と定義づけていた市井出身のオメガに対して、考え方が変わったことには違いない。

唯が提案した『市井から来たオメガの避難所』にも、予想より多くの協力者が現れた。

そちらはどうしてもオメガが主体になるので、花松の直接の管轄には置けない。悩んでいたところ、駆け落ちした薫子《かおるこ》を枢機へ戻して代表とし、番である嶋守《しまもり》が補佐をする形で新しく部署を立ち上げてはどうかと緑が進言し採用された。

唯が養子に出されていた家とは別の、堂崎《どうざき》の遠縁に匿《かくま》われていた薫子と嶋守は呼び戻された。そして『駆け落ち』の罰を免除する代わりに、保護官として花松の補佐的な部署を管理する事が決まったのである。

以前は城月《しろつき》直属の部下だった嶋守だから、表向きは左遷だ。しかし罪には問われず、薫子との番も解除されずに枢機に戻れるというのはかなりの特別措置だと唯でも理解した。ただし嶋守が堂崎の婿養子《むこようし》になるという、これまたあり得ない内容が条件だったが、嶋守は二つ返事で了承してくれた。

駆け落ちをした時点で嶋守は彼の実家から勘当状態になっていたので、彼からすれば全く問題なかったようだ。アルファとしては恥ともされる婿養子が決まっても、彼は『薫子さんといられるなら、これほどの幸せはない』と笑っていた。

「唯、政臣が……」

急に慌てた様子で、国臣が政臣と唯を交互に見遣《みや》る。

政臣の小さな耳はぺたりと伏せられ、不機嫌になる寸前だとすぐに分かった。金と銀のオッドアイが潤み、うにゃうにゃと仔オオカミの声を上げる。政臣は国臣に懐いてはいるけれど、眠たくなるとやはり母親が恋しいのか唯を探してぐずるのだ。

「ミルクかな、それともおねむかな？」

政臣を国臣の膝から抱き上げると、小さな手が唯にしがみついてきてその額を胸に押しつけてくる。

小さい耳と尾がピクピクと動き、少しすると規則正しい寝息が聞こえてきた。

「私と同じように、唯が好きなのだね」

本来なら全て乳母《うば》に任せても構わないのだけれど、できるだけ他人の手は借りずに育てた

かった。そんなささやかな望みを叶《かな》えるために、国臣は忙しくても唯を気遣い、政臣のおむつやお風呂《ふろ》などを積極的に面倒を見てくれる。

背後から唯と政臣を包むように抱きしめてくれる国臣に、唯は微笑《ほほえ》む。

「三人で、お昼寝しましょうか」

「そうしよう」

穏やかな日々は、こうしてゆっくりと過ぎていく。

＊＊＊＊＊＊＊＊＊＊＊＊＊＊

「いいんですか？」

朝食の席で国臣から『花松と緑君、そして嶋守君と薫子さんを呼んで食事会をしよう』と提案され、唯は目を輝かせた。

「唯の体調も落ち着いていると、医師からお墨付きをもらっているし。久しぶりに話もしたいだろう？」

約一年前、初めて正常な発情をした唯はその時の交尾で無事に身籠もった。しかし元々体が弱かったこともあり不調が続き、出産までの間は大事を取って安静を言い渡されていたのだ。

電話でのやりとりや、短時間の面会は許可してもらったけれど、落ち着いて話をするような状態ではなかった。

「花松も嶋守君も、今は仕事が落ち着いているから、子ども達の顔合わせも兼ねてと思ってね」

「ありがとう、国臣さん」

子ども用の椅子《いす》に座り離乳食を食べていた政臣が、唯が喜んでいるのを察してきゃっきゃと笑う。

国臣は早速村上《むらかみ》に指示して、二つの家族に連絡を取る。当然ながらすぐに返事が来て、トントン拍子に予定は組まれた。

そして待ちに待った、食事会の日。

生憎《あいにく》、急な仕事の入った妹夫婦は夕食からの参加になってしまったけれど、花松と緑は午後のお茶会から来てくれることになった。

久しぶりに会う友人を落ち着かない気持ちで待っていると、暫《しばら》くしてメイドが二人を案内して客間に入ってくる。

「お久しぶりです、国臣様、唯様」

メイド達がいる前では、相変わらず緑は他人行儀だが、その表情は以前に比べてずっと穏やかだ。

正式に花松の番となってから精神的に安定したと電話で聞いていたが、これほど人は変わるものなのだと唯は内心驚く。そして更に驚いたのは、唯と同じ時期に出産した緑の子を花松が抱いている事だ。

相変わらず遊び人風の見かけだが、その胸にはベビースリングに包《くる》んだ息子の祐貴《ゆうき》が寝息を立てている。そしてベビー用品の入ったリュックを背負っているので、緑は私物の入った小さな鞄《かばん》しか手にしていない。

「健司郎《けんじろう》さん、家族で出かけるときはいつもこうなんです。おむつは俺が持つって言ってるのに、聞かなくて」

唯の視線に気づいたのか、緑が呆《あき》れた様子で肩を竦《すく》める。

市井と枢機に隔たりはないから普通に話してほしいと以前から頼んでいるのだけれど、緑としては『立場が違いすぎるから、第三者の目がある場所で失礼な真似《まね》はできない』らしい。

「二人とも、楽にしてくれ。――君たちは下がっていい」

そう国臣が声をかけると、執事とメイド達は心得た様子で会釈をし部屋を出て行く。扉が閉まり四人だけになると、やっと緑が硬い表情を崩してくれた。

「元気そうでよかった。緑君に会えるの、楽しみにしてたんだよ。ね、政臣」

腕の中の息子に話しかけると、可愛らしい笑顔を見せる。

「君も変わっていないね。少しは城月家の番らしく振る舞えるようになったかと期待していたけど……」

「別に気にしなくていいのに。ほら、座ってよ」

手を取って緑をソファに座らせ、唯も隣に腰《こし》を下ろす。

「健司郎さん」

「ああ、頼むよ」

緑が手を差し伸べると、花松が慣れた手つきで祐貴をスリングから出し、緑に渡す。生まれは一月ほど祐貴の方が早いが、狼の獣人としての血が濃い政臣に比べて一回り小さい。ただ生えている狐耳と尾は立派な毛並みをしており、狐の獣人の中でも特に優秀なアルファだと唯にも分かる。

「あれ、起きたかな。祐貴、唯様と政臣様だよ」

大人しく眠っていた祐貴が、うにゃうにゃとむずかりながら目蓋《まぶた》を開いた。祐貴はアイスブルーの瞳を見開いて、物珍しそうに唯と政臣を見上げる。

そして政臣も、初めて見る同年代の子どもに興味を持ったのか、びっくりした様子で顔をのぞき込む。

「大丈夫かな？」

「人見知りが始まる歳《とし》じゃないから、平気だろ」

意思疎通はできなくとも幼子同士、何か分かるのか互いに手を伸ばしてきゃあきゃあとはしゃぎ始めた。耳も尾も垂れていないから、二人とも喜んでいるのだと分かり唯と緑はほっとして顔を見合わせる。

「これなら、遊ばせておいても大丈夫そうだな」

「ベビーサークルを用意しておいたから、そっちに移動させちゃおうか。寝ちゃったら、ベッドに移せば良いし」

花松家も城月家ほどではないにしろ、使用人を雇える立場にある。しかし緑も唯と同じように、自分の手で子育てをしていると聞いていた。

子ども達をサークルに移すと、早速オモチャを手にして遊び始める。これまで家族以外と触れ合うことがなかったので、少し不安はあったが問題なさそうだ。

そんな番と子ども達の様子を、夫達は微笑ましく見守っている。

「なににやついてるんです、健司郎さん」

「いや、幸せだなと思ってね。なあ、国臣」

「ああ」

夫達の表情はまさしく、『でれでれ』という表現がぴったりで唯は笑ってしまう。一年前、こんな和《なご》やかな時間が過ごせるようになるとは、あの頃の自分たちは考えたこともなかった。

「そうだ、国臣様。先日の件ですが、俺と祐貴でよろしいのですか？」

「君が最適だと、八島からも進言があったからね。子ども達の歳も同じだし。私としては君が引き受けてくれるとありがたい」

「何の話？」

不意に緑が国臣に問いかけ、唯は首を傾《かし》げる。

「俺は君の教育係。祐貴は政臣様の遊び相手として選ばれたんだよ。聞いてなかったのかい？」

「初耳だよ。でも緑君が遊びに来てくれるのは嬉《うれ》しいな」

これまでは花松の同伴がなければ、緑だけで城月の屋敷に立ち入ることは許されなかった。しかし国臣のお墨付きがあるなら、話は変わってくる。けれど緑は呆れた様子で肩を竦める。

「遊ぶのは子ども達で、君は勉強をするんだよ。それにしても、嫁《とつ》いで一年にもなるのになにをしているんだ？　城月家のメイド長が、ため息つきながら愚痴るなんて相当だぞ」

「なにって……なにが？」

さっぱり心当たりのない唯は、首を傾げて考え込む。

「城月のご家族は気にせず見守ってるけど、世話係としては唯が自由すぎて怖い、と話していたよ。これからは国臣様と一緒にパーティーへ出ることもあるだろうし、家同士の格やそれに応じた会話もできるようにならないとね。俺は花松さんにくっついて色々と見てきたから、裏事情も多少分かるし。それでご指名が来たってわけ」

政臣を身籠もってからは体調を考慮して屋敷から出ることはなかったけど、これからは国臣のパートナーとしての役目もある。

国臣は既に『獣人のパートナーは持たない』と公言しているので、唯は単なる番ではないのだ。

それは自覚しているつもりだが、『家の格』だの『裏事情』だのと言われても、正直ぴんとこない。

「みんなと楽しく話をするだけじゃ、駄目なのかな?」

「駄目だ。君がそういうふうだから、八島様も困って俺に頼んできたんだよ。君はもう城月家の一員だ。気安い態度を取れば侮られる――」

理由はよく分からないけど、緑のお説教が始まりそうだったので唯はわざと声を張り上げて話題を変えた。

「そんなことより、タコパしようよ! 緑君が来るから、取り寄せたんだよ!」

「たこ焼き器、という調理器具だそうだ」

「写真資料で知ってはいたけれど、実物は初めて見るよ」

眉《まゆ》をひそめている緑とは反対に、国臣と花松は物珍しそうに見ている。

用意してもらったたこ焼き器をテーブルに出し、ワゴンに載せてあった具材も並べる。

当初は城月専属の料理長がアフタヌーンティーを用意する予定だったけれど、今日は市井出身の緑をもてなしたいからと無理を言って『たこ焼きパーティー』に変更してもらったのだ。代わりに妹夫婦も揃《そろ》うディナーは、料理長が腕を振るう事になっている。

「枢機って、こういうのないよね。そうだ、枢機と市井のオメガでタコパ親睦会って、どうかな。きっと仲良くなれるよ」

「止めておけ。どうして君は、そう楽天的なんだ……」

そう言いながらも、緑は小麦粉を溶き油を敷いて手早く準備を進める。

「緑君慣れてるね」

「市井にいたころ、町内会のお祭りでよく手伝っていたからね」

具材はたこだけでなく、チーズやささみ、チョコなどを入れて焼いていく。焼きたてのたこ焼きは味も見た目も国臣達には好評で、緑もなんだかんだ言いつつ楽しんでいるようだ。

「これは面白いね」

「次はお好み焼きパーティーをしましょう」

たこ焼きを食べながら、他愛のない近況や世間話が一段落すると、国臣と花松が『二人で話したい事もあるだろうから』と、気を利かせて子ども達を連れて庭へと出て行く。

「……あれから、どう？」

どう、とは、ブローカーの事だ。高岡が捕まってからも、緑はしばらくの間は随分と怯《おび》えていたらしい。唯が電話をすると何でもない風を装ってはいたが、事件が完全に収束するまでは不安定だったと国臣からそれとなく教えられていた。

「国臣様と健司郎さんのお陰で、関わった連中は先月中に全員逮捕された。報告は受けていただろう？」

「うん。でも心配で」

できれば直接話を聞ければ良かったのだけれど、身籠もった唯は体調が思わしくなく出産してからは身内の見舞いすら断っていた。

だから余計に、今日の食事会は楽しみにしていたのだ。

「俺はもう大丈夫だ。それはそうと、どうして結婚式だけでも済ませなかったんだい？」

「だって、緑君が出席できないって聞いたから」

妊娠が分かってすぐの頃はまだ体調も安定していたので、せめて身内だけでも呼んで挙式をしないかと国臣から言われたのだ。しかし唯は、出席者名簿に緑の名がないのを確認すると、すぐ延期を決めたのである。

「健司郎さんが出席するし、問題なかっただろう」

「緑君がいなきゃ意味がないんだよ」

当時はまだ主犯格が捕まっていない状態だったので、緑が狙われる可能性は高かった。誘拐でもされれば、緑の身の安全はもとより花松も冷静な捜査ができなくなるので、外出自体を控えていたのだ。

「ともかく、来月に結婚式するって決まったんだからお説教は止めてよ。そうそう、式は身内だけで、披露宴はまた別の日にやるんだって」

「城月の披露宴か。盛大だろうな」

「僕は座ってるだけでいいって国臣さんが言ってたけど、スピーチもするつもりだから。緑君、原稿の添削やって！」

披露宴は実質、唯が国臣の『パートナー』として初めて獣人達の前に立つ場でもある。

「構わないけど、そう気負わなくてもいいんじゃないか？　君は無理をするな」

「でも体力ついたよ。今年は風邪《かぜ》も引かなかったし」

「何かあれば、悲しむのは国臣様と政臣様なんだぞ」

「うん……」

「ともかくパートナーとして仕事をしたいのなら、君はまず枢機での人間関係を学ぶことが最優先だ。家ごとに割り振られている政務の管轄。番の家柄も覚えないと失礼になる……」

また難しい話題になりそうな気配を察した唯は、慌てて話題を変える。

「あ、あのさ。緑君に相談したいことがあったんだけど」

「なんだい？」

「花松さんと正式に番になってから、発情香は変わった？　番になれば変わる事もあるって、母さんからも聞いてたし、オメガの雑誌でも読んだんだけど本当？」

「……君はまだそんな事に拘《こだわ》っているのか」

呆れる緑に、唯は項垂《うなだ》れた。彼からすればくだらない事だろうけど、唯にしてみれば大問題なのだ。

流石《さすが》に会話を断ち切られるかと思ったが、以外にも緑は真面目《まじめ》に答えてくれる。

「多少は変わったかもしれないな。健司郎さんの好きな銘柄に近くなったらしいけど、俺はお酒には詳しくないからよく分からない」

「僕、ミルクの香りが濃くなっちゃって。どうにかならないかな」

「俺に言われても分かるわけないだろ。城月の主治医か、国臣様に相談すればいいだろう」

確かにそうだが、国臣は唯の香りが気に入っているので、相談しても丸め込まれてしまうのだ。

「二人とも、内緒話は終わったかな？」

国臣に声をかけられ、唯は顔を上げる。

「そろそろ嶋守君と薫子さんが到着するそうだ。ディナー用の服に着替えて、出迎えの準備をしよう。花松と緑君も、準備があるだろう？」

「はい」

三家族が顔を合わせるのは、今日が初めてだ。これからは仕事も含め、プライベートでも深い付き合いになるから、最初の食事会だけはきちんとしたものにしようと国臣から言われている。

身内とはいえ、ある程度しきたりに沿った持てなしをするのも、城月の番としての役目である。

「頑張ってくださいね、唯様。妹君相手でも、いきなり砕けた口調で会話を進めてはいけませんよ」

「もう、緑君てば。分かってるよ」

苦笑しながら肩を叩《たた》く緑に、唯は唇《くちびる》を尖《とが》らせた。


その夜のディナーは無事に終わり、堂崎家と花松家はそれぞれ城月の用意した車で帰宅した。

最初は緊張気味だった嶋守と薫子も、話し上手《じょうず》の花松のお陰でほどなく打ち解けた。

条件付きで許されたとはいえ、やはり『駆け落ち』などという前代未聞の事件を起こしてしまったことを気に病んでいたと打ち明けられた。特に兄である唯に身代わりをさせてしまったことに関して、薫子からは改めて謝られてしまった。

ただ国臣と唯が『運命の番』だった事もあり、何より国臣が『気にすることはない』と明言してくれたので、このことは一件落着となった。

政臣を寝かしつけた唯は、子守のメイドに我が子を託すと寝室に向かう。普段は三人で眠るのだけど、今夜は国臣の希望で二人で眠ることにしたのだ。

乳離れをしてから政臣は夜泣きもせず、朝まで熟睡するので同じ部屋でも問題はない。けれどあえて子守に任せるという事は、つまり久しぶりに夫婦の時間を求められているという意味だと唯にも分かる。

「……それにしても、薫子が双子《ふたご》を産んでたなんて驚いた」

市井から戻った二人は、堂崎の実家に身を寄せている。基本的にオメガは嫁いでしまうと実家とはほぼ連絡を取らないので、薫子の状況も最近やっと国臣経由で知ったのだ。

「顔合わせも済んだことだし、これからは薫子さん達もこちらの出入りを自由にできるよう手配しよう。嶋守君は元々は私の部下だったからね。仕事に復帰したのだし、何より唯の妹さんだから対外的にも問題はない」

「ありがとう、国臣さん」

家の関係だの何だのと、枢機には独特の決まりがあって、正直ややこしい。

薫子が『市井オメガの保護』の代表として決まったことに反対はないのに、なぜか唯が直接手伝いに行くのは周囲が渋る。

式典などの場なら問題ないが、個人的な接触は控えるべきだと枢機のオメガから色々と煩く言われてしまうのだ。勿論《もちろん》黙っている唯ではないけれど、薫子達に迷惑がかかるのは嫌だった。

そこで今日の食事会も、周囲に『プライベートでも交流します』という意思表示を兼ねたものだと国臣から説明されている。

「政臣も友達が増えて喜んでたし。他の家とも、もっと気軽に交流できるようになればいいのにね」

番の家に引きこもることが当然とされるオメガが、個人的に外出するのは難しい。禁止されている訳ではないが、名家とされる家柄ほど、番を持ったオメガが一人で出歩く事は恥ずかしいと見なされるようなのだ。

「少しずつ、変えていけるように努力しよう。——唯、それは？」

薫子にもらった紙袋から雑誌を出して、唯はベッドに並べる。これらは全て、市井で発行されているウエディング関係の専門誌だ。

「僕が来月式を挙げるって母さんから聞いた薫子が、持ってきてくれたんです。良かったらドレスを選ぶ参考にしてみてって」

枢機へは戻れないと覚悟していた妹夫婦は、匿ってくれた家の好意に甘えて、密《ひそ》かに式を挙げていた。

雑誌はその際、薫子が買い集めた物だと聞いている。

「これなんか、素敵だよね。国臣さんはどれが好き？」

問いかけるが、国臣は眉をひそめて黙り込んでしまう。

「僕じゃ似合わないかな？」

「唯のウエディングドレス姿は、美しいに決まっている。しかし……」

言い淀《よど》む国臣に、唯はあることに思い至る。

高岡に誘拐された唯は、ウエディングドレスを着せられ見世物のように扱われた。無事に助けられたけれど、あの血走ったアルファ達の視線は未《いま》だに夢に見ることがある。

そんな事もあって、唯がウエディングドレスに対してトラウマを持っていないか国臣は不安に思ってるのだ。

「大丈夫ですよ、国臣さん。無理してるわけじゃないし、それに――」

唯は隣に座る国臣に体を寄せた。

「周りに言われたからじゃなくて、僕の意思で国臣さんとの結婚式を挙げたいんです。……だから、幸せな記憶に書き換えちゃってください」

「ああそうだね、世界一幸せな式にしよう」

国臣の腕に抱かれ、触れるだけのキスを繰り返す。そのままベッドに押し倒されると、自分の首筋から微《かす》かな金木犀《きんもくせい》の香りが漂う。

未だに唯の発情期は不安定なままだ。正常な発情はするのだけれど、不定期に訪れるので計画的な子作りは難しい。

「今夜は香りが濃いね」

「でも、本格的な発情じゃないみたいです。あと、やっぱり……僕の香り、変わってないですか?」

以前から唯が自分の発情香にコンプレックスがあるのは、国臣も知っている。しかし彼は、なぜかこの『ミルクの香り』がお気に入りで、どうして唯が不満を持つのか理解してくれない。

「唯はミルクだと嫌なのかい?」

「もっと大人っぽいのがいいんです。緑君みたいに、シャンパンとか」

「成人しているじゃないか。それに唯は、すぐに酔ってしまうだろう?」

「そういう事じゃないんです。ともかく、もっと格好いいのが良かった」

ため息をつく唯の首筋に、国臣が鼻先をすり寄せる。

「私は唯の香りが好きだよ。だからそう悲しまないでほしい」

慰めではなく、心からの言葉だと唯も分かっているから強く否定もできない。

「国臣さんがそう言ってくれるなら……んっ、ぁ」

パジャマの上から国臣の手が唯の胸元を撫《な》でた。子を産んでピンク色に膨らんだ乳首を布越しに擦《こす》られ、唯は鼻にかかった声を上げる。

――もう、濡《ぬ》れてきてる。

番の営みは、子作りが目的でなくても可能だ。けれどやはり、発情期と違い愛撫《あいぶ》されても濡れてくるのには時間がかかる。

しかし唯の体は国臣に求められると、すぐにでも彼の雄を受け入れられるように濡れてしまうのだ。その上、変化するのは体だけではない。頭の中も国臣との交尾を想像し、淫《みだ》らな衝動が抑えられなくなる。

唯は大人しく国臣の手に全てを委ね、肌《はだ》を晒《さら》す。国臣もまた、唯の上で服を脱ぎ捨てる。雄々《おお》しい番の肉体を前にして、唯は息をのむ。

「国臣さん、きて」

自ら膝を立て、大きく開いて国臣を誘う。恥ずかしい気持ちは消えていないが、それ以上に彼が欲しくてたまらない。

国臣も唯を焦《じ》らしたりはせず、反り返った性器を後孔に数回擦りつけ愛液を幹に纏《まと》わせる。そして狭い入り口に、亀頭を突き入れた。

「あっ」

発情していないにもかかわらず、唯の後孔は易々《やすやす》と国臣の雄を飲み込んでいく。張り出したカリが内壁を擦り、柔らかな肉襞《にくひだ》を広げて奥へと突き進む。

「どうしよう……なか、きもち……いい――っ」

久しぶりの交尾だからか、体が敏感になっている気がする。

挿《い》れられただけなのに、唯の自身からは蜜《みつ》が溢《あふ》れ甘イキが続く。

「オメガに共通する特性だけれど、交尾を繰り返すことで番の性器と精液に馴染んで、より深く感じられるようになるんだよ」

「それって、国臣さんと……交尾するたびに、感じやすくなるってこと？」

頷《うなず》く国臣に、唯は頬《ほお》を赤らめた。言われてみれば、思い当たる事ばかりだ。

特に政臣を産んでからは発情していないのに我慢ができず、自分からねだることもある。

「はしたない、ですよね」

「そんなことはないよ。番に交尾を求めるのは、自然なことだ。それとオメガを満足させることは、アルファとして当然だからね。唯は気にせず、いつでも求めなさい」

囁《ささや》く言葉に反応して、香りが金木犀から蜂蜜に変化していく。

——発情期じゃないのに、どうして？

オメガの子宮に当たる部分が、甘く疼《うず》くのを感じる。

「堂崎家の血筋の……特に男性のオメガは、感じやすいと聞いている」

「あ、う……っ」

正面から喉《のど》を噛《か》まれ、唯は背をしならせて達した。

項《うなじ》を噛まれたときとはまた違う、自身の全てを番に捧げる悦《よろこ》びが全身を駆け抜ける。互いに深い信頼と愛情で結ばれた番だからこそ、愛撫として成立する行為だ。

アルファを誘う香りが、体の奥から溢れてくるのが分かる。

けれど身籠もったときの交尾のような、強いミルクの香りまでには及ばない。

なのに奥が切なく熱を帯び、唯はたまらず国臣を求めた。

「おく、こつんて……して」

「ちゃんと言えるようになったんだね。偉いよ唯」

「……ひゃ、んっ」

オメガの子宮口を先端でつつかれ、唯は国臣にしがみつきその背に爪《つめ》を立てた。そして自分から両足を国臣の腰に絡め、より深い交接をねだる。

「国臣さん……きて。奥まで全部……あ、ぁ」

細い腰を国臣が摑《つか》み、ぐいと引き寄せた。

国臣の性器も、獣と人間の混ざった独特の形に変化しているのが分かる。

完全な発情状態ではないのに、唯の体は子作りの交尾を望んでいた。

——あの時と同じ……だけど……。

初めて正常な発情をした時と似ているが、孕《はら》む準備はまだ整っていない。

なのに唯の大切な場所は、国臣の雄を銜《くわ》え込んでしまう。

政臣を授《さず》かった交尾以来、受け入れていない場所まで先端が到達した。

「うそ……はいっちゃ、た……あんっ」

「ここまで挿れるのは久しぶりだけれど、大丈夫そうだね」

優しい声だが、国臣の表情に余裕は感じられない。雄の欲を隠しもしない視線を受け、唯は身を震わせる。

「国臣さん……好き。滅茶苦茶にして」

他のアルファから欲望を向けられるのは怖い。けれど国臣に見つめられると、それだけで上り詰めそうになる。

後孔の入り口近くで、亀頭球が膨れていく。蓋をされてしまえば、国臣の長い射精が終わるまで離れることはできない。

「あ、ぅ」

中の感触を確かめるように、軽く腰を揺すられる。しっかり繋《つな》がっていることを確認すると、国臣が唯を抱きしめた。そして最奥に、重たく密度のある精液が容赦なく注がれていく。

「唯、ゆい」

「ぁ、だめっ……ふかいとこ……きもち、いいの……いっちゃ……ぅ」

内部まで敏感にされてしまった体は、射精の刺激にさえ感じてしまう。

――発情してないのに、こんな気持ちよくなるなら……次の子作りの時には、もっと……。

想像しただけで全身が期待で火照《ほて》る。そんな唯の反応を見て何か気づいたらしく、国臣が微笑む。

「二人目を作る交尾の時は、もっと深い快楽を得られるよ」

「言わないで……」

「なあ、唯。次の交尾では受精しながらイく所を、私に見せると約束してくれないか？」

「そんなの、恥ずかしいです」

受精する瞬間まで自覚し、表情に出るオメガは希少だ。けれど『運命の番』という特別な結びつきと、敏感な体を持つ唯ならば可能だと国臣が嬉しそうに告げる。

番に深い悦びを与えるのは、アルファとして最上の幸福だと唯も知っているから強く拒絶ができない。何より愛《いと》しい国臣の望みを叶えられるのは、自分だけなのだ。

「分かりました――その時は、優しくしてくださいね」

「もちろんだよ、唯」

甘く淫らな約束を交わし、二人は唇を重ねる。

薄く漂うミルクの香りに包まれて、唯と国臣は互いの愛を貪り続けた。

あとがき

はじめまして、こんにちは。高峰あいすです。

この度は本を手に取って頂き、ありがとうございました。ルチル文庫様からは、十八冊目の本になります。

読んでくださる皆様と、携わってくれた方々のおかげです。ありがとうございます。

担当のH様。いつも長電話に付き合わせてしまい、すみません。

美麗な挿絵をつけてくださいました、亀井高秀先生。唯がきらきら儚げで、国臣さんはノーブルなイケメンでとても素敵です。キャララフでも出してくださった花松と緑も、とても理想です！

いつも見守ってくれる家族と友人、ありがとう。感謝してます。

今回はなんだかんだで、初めてきちんとしたオメガバースを書いた気がします（と言っても独自設定は多めでしたが）。自分の好みを詰め込ませてもらったので、とても楽しく書くことができました。

特に獣人の――を（あえて伏せます）受け入れる場面は、人間の――とも獣の――とも違うイメージで書いてました。こんなこと、あとがきで書いていいのかしら。

本編後に唯は、本気状態の国臣を見ることになると思います。頑張って「よし、慣れたぞ！」と張り切っても、ベッドでまたカルチャーショックを受けるという可哀想なループが待っています。

でもきっと、愛があるので乗り切れる……はず……。


そんなこんなで、最後までお付き合い頂きありがとうございました。

読んでくださった皆様に、少しでも楽しんでもらえたなら幸いです。

それではまた、ご縁がありましたらよろしくお願いします。

高峰あいす公式サイト「あいす亭」http://www.aisutei.com/
ブログ「のんびりあいす」http://aisutei.sblo.jp/　ブログの方が更新多いです。

✦初出　運命のオメガはミルクの香り…………書き下ろし
番たちの日々は幸せ色……………………書き下ろし

高峰あいす先生、亀井高秀先生へのお便り、本作品に関するご意見、ご感想などは
〒151-0051 東京都渋谷区千駄ヶ谷 4-9-7
幻冬舎コミックス　ルチル文庫「運命のオメガはミルクの香り」係まで。

幻冬舎ルチル文庫

運命のオメガはミルクの香り

2020年8月20日　　第1刷発行

✦著者	高峰あいす　たかみね あいす
✦発行人	石原正康
✦発行元	株式会社 幻冬舎コミックス 〒151-0051 東京都渋谷区千駄ヶ谷 4-9-7 電話 03(5411)6431［編集］
✦発売元	株式会社 幻冬舎 〒151-0051 東京都渋谷区千駄ヶ谷 4-9-7 電話 03(5411)6222［営業］ 振替 00120-8-767643
✦印刷・製本所	中央精版印刷株式会社

✦検印廃止

ISBN978-4-344-84703-3　C0193　Printed in Japan